먹구름이 바다를 삼킬 무렵

먹구름이 바다를 삼킬 무렵

인쇄일   초판 1쇄 2022년 07월 08일
발행일   초판 1쇄 2022년 07월 15일

글   김주영 정명섭 문화류씨
펴낸이   최종인
편집   손명정 김예교
디자인   DESIGN PLUS
발행처   인디페이퍼
주소   부산광역시 남구 수영로 312, 21세기센츄리빌딩 1322호
전화   051-610-1322
Fax   051-610-1322
출판등록 제2015-000014호
홈페이지 blog.naver.com/indiepaper

ISBN 979-11-89150-32-7 (03810)

먹구름이 바다를 삼킬 무렵

김주영 정명섭 문화류씨
지음

인디
페이퍼

차례

먹구름이 바다를 삼킬 무렵   7

폐쇄구역 부산   63

내가 여기에 있었음   111

먹구름이 바다를 삼킬 무렵

먹구름이 바다를 삼킬 무렵

문화류씨

01

대학에 다닐 무렵, 선배며 후배며 동기들은 최루탄 연기를 마시며 독재세력에 대항했다. 처음에는 외면할 마음이었지만, 거절 못 하는 성격이 문제였다. 정신을 차렸을 때 컴컴하고 습한 공간이었다. 경찰서 취조실이라고 하기에는 기이했다. 책상과 의자 뒤편에는 사람 하나가 겨우 들어갈 욕조가 있었고 변기도 있었다. 더욱이 배수구 주위에 검붉은 핏자국이 온몸을 움츠러들게 했다. 잔뜩 찡그린 인상을 한 사내들이 담배를 입에 물며 노려봤다. 각오는 했었지만 막상 잡히고 보니 겁이 났다.

"어이 유치영, 너거 아버지가 거일물산 사장이라메? 사장 아들이면 사장 아들답게 얌전히 학교나 다닐 것이지, 데모를 하고 다녀? 국문학 전공했다면서 삼류 소설이나 적을 것이지 선동 글이나 적고 말이야. 너거 이 새끼가 적은 선동글 봤나? 군부세력의 독재가 어쩌고 어째? 지랄하고 자빠졌네. 너거 아버지는 아들내미 공부 시키려고 군대까지 빼줬는데, 아들 새끼는 이딴 글 적는 거 보면 둘 중 하나. 가정교육이 안 됐거나 가정교육을 해도 인간 안 될 놈이라는 거. 아버지가 못 시키면 내가 시켜줘야지."

가장 연장자로 보이는 남자가 벌떡 일어나더니 손목에 잠긴 단추를 풀었다. 순식간에 뺨 여러 대를 맞았다. 아픈 것보다 모욕적이어서 눈물이 났다. 한창 겁에 질려 벌벌 떨고 있는데, 다른 방 여기저기에서도 비명이 들렸다. 그중 낯 익은 목소리가 몇 있었는데, 숨이 콱 막혔다. 함께 시위하던 동지들이었다. 그들은 절규하고 있었다.

"끌고 가!"

옆에 있던 젊은 사내가 내 머리에 천을 뒤집어씌운 뒤 어디론가 끌고 갔다. 문을 열자 곳곳에서 울부짖는 소리가 복도를 가득 메웠다. 발걸음이 떨어지지 않자 사내는 팔을 잡아당겼다.

"얌전히 따라 와."

기다란 통로를 지나니 거대한 쇠문 열리는 소리가 났다. 바람이 느껴져서 밖이라는 걸 알 수 있었다. 차문 열리는 소리가 났다. 사내는 나를 차 뒷좌석에 구겨 넣었다. 들어가는 와중에 머리를 부딪쳐도 아랑곳하지 않았다.

"얌전히 있어!"

사내가 시동을 걸었다. 그 순간 산에 매장되는 것은 아닌지 겁이 났다.

"저, 저기…. 어디로 가는 겁니까?"

사내는 아무 대답이 없었다. 라이터를 열어 담배에 불을 붙이는 소리가 들렸고, 그는 라디오 주파수를 이리저리 맞추었다.

<치지지직… 오늘 저녁 여덟 시 경, 부산 해운대 중2동에 위치한 달맞이 언덕 도로에서 내려오던 택시가 빗길에 미끄러져 절벽 아래로 추락했습니다. 다행히 택시기사 정태수 씨는 무사히 구조됐으나 뒷자리에 타고 있던 승객이 실종….>

사내가 갑자기 액셀을 밟았다. 몇 번의 커브를 돌았고 오분 정도 직진으로 가다가 멈췄다. 사내는 차에서 내려 누군가와 대화했다. 익숙한 목소리가 들렸다. 아버지의 오랜 비서인 장 실장이었다. 사내는 차문을 열어 나를 끄집어냈다. 머리에 씌운 헝겊도 벗겼다. 장 실장이 놀란 눈으로 달려왔다.

"치, 치영 군, 괜찮은가? 이게 어떻게 된 거야?"

살았다는 생각에 기뻤지만 차마 티를 내지 않았다. 사내는 음흉하게 웃으며 수갑을 풀었다.

"새끼, 운 좋다. 역시 돈 있고 빽 있으면 데모해도 바로 풀려나네. 어이, 유치영이. 백날 시위해 봐라. 세상이 바뀌는가? 그냥 나랏일은 나랏님들이 알아서 할 테니까, 학생은 공부나 해. 네놈 또 길거리에서 데모하다 잡히면 그때는 동지들처럼 되는 거야. 자네가 국문학 전공이던가? 어디 가서 한적하게 책이나 읽어. 흐흐흐…."

내 뺨을 두드리며 충고하는데 대꾸 한 번 못했다. 두려운 마음 때문이었다. 조용히 차에 탔다. 장 실장도 내 옆에 앉더니 김 기사를 불렀다.

"김 군, 이곳에 오기 전에 샀던 거 좀 주게."

김 기사는 뒤를 돌아 공손히 검은 비닐을 건넸다.

"받게."

두부였다. 먹을 마음이 없었으나 장 실장이 비닐을 벗겨 코앞에 내밀었다. 어쩔 수 없이 억지로 한 입을 베어 물었다. 그제야 장 실장은 안도의 한숨을 쉬었다.

"어휴, 자네도 참…. 그냥 학교만 잘 다니면 될 것을 왜 이리 사장님 속을 썩이나? 이래서 자네를 미국으로 보내야 한다고 말씀드렸는데 말이야. 자네 빼내는 데 얼마나 많은 돈이 들었는지 아나? 치영 군, 그건 정의가 아니야. 객기지."

아버지 덕분에 아무런 혐의 없이 나올 수 있었지만 시간이 지날수록 마음이 불편했다. 그곳에서 들었던 절규를 잊을 수 없었다. 지금쯤 무슨 일을 겪고 있을지 생각할수록 가슴 속에 있는 돌이 심장을 짓누르는 기분이었다. 어느덧 돌은 커져 식도를 막는 듯했다. 차를 세워달라며 장 실장의 팔을 두드렸다. 김 기사가 급히 브레이크를 밟자 문을 열고 토했다. 장 실장이 보온병을 건넸는데 연거푸 그것을 마신 후 정신이 들었다.

"아저씨, 학교 동기랑 선후배들이 아직 그곳에 있어요. 아무래도 심각한 고문을 받는 것 같아요. 그 사람들도 빼 주시면 안 될까요?"

장 실장은 콧등에 걸친 안경을 고쳐 썼다.

"뭐, 치영 군이 약속 하나만 해 주면 불가능한 것도 아니지. 절대 어려운 일이 아니야, 어때?"

"뭔데요?"

장 실장은 안주머니에서 담배를 꺼낸 뒤 불을 붙였다. 그러곤 깊게 한 모금 들이마신 후 뱉었다.

"내일 첫차를 타고 부산으로 내려가게. 해운대에 조그마한 아파트 하나 마련해 두었어. 평소 좋아하는 책이나 읽고 글이나 써. 평소 작가가 꿈이니까, 신춘문예라도 준비하는 게 어때? 당분간 서울에 올라올 필요도 없고 말이야. 부산 내려가면 우리 회사 사람이 맞이할 거야. 자네가 거기서 조용히 지내면 친구들 석방에 힘을 쓰지. 좋은 조건 아닌가? 학교에 가면 다시 데모하러 갈 거고, 그렇다고 본가에 들어가면 사장님이랑 매일 얼굴 붉히고 지낼 거 아니야? 어차피 사장님 뜻이니 자네가 할 수 있는 최선의 선택이야."

거절하고 싶었으나 혼자 무사히 나온 내가 부끄러워서 침묵했다. 동지들을 석방시켜 준다는 말은 달콤했다. 한편으로 염려되는 부분도 있었다. 그들이 석방되더라도 기뻐하지는 않을 것 같았다. 오히려 부산으로 도망간 나를 어떻게 생각할지 의문이 들었다.

새벽까지 뜬 눈으로 한강 앞에 멍하니 있다가 김 기사 차를 타고 서울역에 도착했다. 김 기사는 트렁크에서 주섬주섬 짐을 챙겨 건네며 걱정스러운 눈빛으로 말했다.

"치영 군, 부산 해운대로 가신다죠? 요즘 그곳에서 흉흉한 일이 많이 일어난다고 해서 걱정입니다. 어제는 또 교통사고가 났지 뭡니까?"

"기사님도 뉴스 들으셨구나? 다행히도 택시기사는 살았다고 들었습니다만…."

"조심하세요. 그 근방에 귀신을 봤다는 사람이 한둘이 아닙니다. 사고 난 택시기사도 웬 할머니를 태웠는데…."

긴 말을 할 처지가 아니라서 기차에 몸을 실었다.

기차에 앉아 있는 내내 맨정신으로 있을 수 없었다. 정신이 또렷할수록 동지들의 비명소리가 선명하게 떠올랐다. 캔맥주를 샀다. 원래 술이 약한 체질이라 두 캔 정도 마시니 잠이 쏟아졌다. 승무원이 종착지에 도착했다는 말에 눈을 떴다.

기차에서 내리자 노량진 어시장도 아닌데 비린내가 진동했다. 머리는 아프지, 속은 울렁거리지 부산의 첫 느낌이 그리 좋지는 않았다. 더군다나 흐린 날씨에 당장 비가 올 것 같았다. 한숨을 쉬며 개찰구로 나가는데, 사내 두 명이 내 이름이 적힌 스케치북을 힘껏 흔들고 있었다. 부끄러운 마음에 무시하고 나가려는데, 그들이 냉큼 달려왔다.

"안녕하세요, 작가님. 장 이사님께 말씀 많이 들었습니다. 저는 거일물산 부산지사 과장이자, 작가님 안내를 맡은 황춘효입니다. 이 친구는 이번에 들어온 신입 최영만입니다. 이렇게 만나 뵙게 되어 반갑습니다."

불현듯 부산 출신 동기가 떠올랐다. 녀석은 늘 화가 난 듯 과격하고 거친 사투리를 썼는데, 그에 비해 황춘효의 말투는 부드럽고 온화했다.

"아… 안녕하세요. 작가는 아니고요. 소설가 지망생입니다."

"곧 대작을 쓰실 터이니, 작가님이시죠. 더욱이 수재들만 들어간다는 대학 다니시지 않습니까. 그 누구보다 유명한 작가가 되실 겁니다. 일단 제 차로 안내해 드리겠습니다. 광장 옆에 차를 대놨습니다."

80년대 부산은 시골이 아니었다. 길게 늘어선 택시들과 서울만큼 많은 인파가 거리를 메웠다. 서울과는 또 다른 광경에 눈을 뗄 수 없었다.

"부산은 처음이시죠?"

"네…."

"부산 정말 살기 좋습니다. 다른 지역 사람들이 얼마나 부러워하는 줄 아십니까? 바다 보이지요, 공기 좋지요. 맛있는 가게들 많지요. 그리고 부산이 우리나라에서 두 번째로 큰 도시 아닙니까? 서울만큼은 아니지만 먹고 살기 좋지요. 거기에 우리 거일물산이 부산의 중심이라 생각합니다. 허허허, 조금 전에 지나친 곳은 제가 어릴 적부터 살던 초량이라는 곳입니다. 저도 진짜 오랜만에 와봅니다."

날씨만 좋았더라면 완벽했을 텐데, 낯선 도시의 모습에 눈을 빼앗겼다. 어떤 곳에는 높은 언덕 위까지 집들이 빽빽하게 있었고, 어떤 곳에는 일제강점기에 지어진 가옥들도 보였다.

"작가님이 지낼 곳은 해운대입니다. 매년 여름마다 뉴스에 나오는 그 해운대요. 거기에 있는 달맞이 언덕 아래에 있는 아파트인데요, 열다섯 평이어도 작가님 혼자서 지내시기에 문제없습니다. 저희 집도 식구 세 명이 거기서 사는데 살기 좋습니다. 참고로 저희 집은 작가님 옆집입니다. 언제든지 제 아내가 작가님 식사며 빨래며 해드릴 테니, 편하게 지내면서 좋은 글 많이 쓰십시오. 저희 가족이 성심성의로 돕겠습니다."

'달맞이 언덕'이라는 말에 무심코 김 기사가 한 말이 떠올랐다.

"요즘 그곳에서 사고가 많다던데요? 제가 아는 지인 말로는 귀신 탓이라고 합니다만⋯."

요즘 세상에 귀신이 어디에 있냐며 황춘효가 비웃었으나 최영만은 꽤 진지했다.

"작가님도 달맞이 언덕에 있는 귀신 이야기를 아십니까? 하긴, 요즘에 난리다 아입니까. 이번에 사고를 당한 택시기사가 제 친구 삼촌인데요, 즈그 삼촌이 귀신한테 홀렸다면서 그렇게 말하데요. 그날따라 비가 어마어마하게 내렸는데요, 미포에서 젊은 여자 하나가 택시에 탔다는 겁니다. 여자가 송정 바닷가로 가달라고 하기에 태워다 줬지요. 비도 내리고 잠도 와서 정류장 앞 자판기에서 커피나 한잔 하려고 하는데, 그 여자가 또 타는 겁니다. 그런데 이번에는 미포로 가달라고 하는 게 아닙니까? 이상하게 생각했어도 고마 급한 일이 있겠다 싶어 미포에 또 내려줬지요. 그런데 몇 초도 안 돼서 또 그 여자가 택시에 타면서 송정 바닷가로 가달라고 하는 겁니다. 그래도 가만히 있는 것보다 돈이라도 벌면 좋다고 생각해서 태웠지요. 여자가 내리자마자 송정 바닷가 쪽 골목으로 들어가는 걸 확인했다고 합니다. 더 이상 타지 않을 거라 생각했는데, 또 뒷좌석이 열리는 게 아닙니까?"

"그 여자가 탔나요?"

"아니요…. 어떤 할매가 탔다고 합니다. 친구 삼촌도 다행이라 생각했는데, 할매가 미포 앞에 가달라고 하는 거 아니겠습니까? 우연의 일치라 생각해서 한참 가고 있는데, 달맞이 고개를 넘어갈 무렵에 할매가 미친 듯이 웃었다고 합니다. 친구 삼촌이 놀라서 백미러로 뒤를 보니까, 할매 얼굴이 고양이로 변해가지고 친구 삼촌의 목을 조르려고…."

황춘효가 이해할 수 없다는 듯 눈살을 찌푸렸다.

"에휴 최영만이, 니가 소설가 해라. 어데 작가님 앞에서 돼도 않는 말을 짓노?"

최영만은 억울하다는 표정을 지었다.

"과장님 참말입니다. 그러면 우째 작가님이 이 이야기를 알고 있는데요? 친구가 하는 말이 택시에 있는 돈 통에 돈은 안 들어있고 죽은 참새들만 가득했다던데요?"

"쓸데없는 소리 좀 하지 마라. 시끄럽다."

사실 최영만의 말에 관심이 없었다. 단지 어색하고 할 이야기가 없어서 받아줬을 뿐이었다. 오히려 황춘효가 끊어줘서 고마울 따름이었다. 유치한 이야기를 할 기분이 아니었다. 장 실장이 동지들을 풀어주는 조건으로 내려온 것이니까.

어느덧 해운대로 들어섰고 사람들로 거리가 가득했다. 버스며 승용차며 뒤죽박죽이 되자 황춘효가 이곳저곳을 가리켰다.

"여기가 해운대 시장이고요, 시장 안으로 계속 들어가면 바닷가입니다. 저기는 두꺼비집이라고 돈까스가 기가 막힙니다. 나중에 한번 같이 가시죠."

"서울에서는 못 보던 광경이네요. 꼭 다른 나라에 온 기분입니다."

"해운대가 관광지지요. 특급 호텔도 있고 외국인도 많이 찾고요. 그래서 집값도 오르고 좋습니다. 하하하…."

어느덧 종합병원을 지나 언덕 위를 오르니 무성한 나무 사이로 아파트들이 보였다. 입구에는 '대공아파트'라는 커다란 문패가 있었다. 왠지 모르게 음침한 기분이 들었다. 아파트 단지지만 필요 이상으로 나무들이 많다고 할까?

"최영만이 여기에 내려서 버스 타고 사무실로 들어가 봐라. 작가님은 내 혼자 모실게. 어차피 우리 옆집이다 아이가?"

최영만이 내린 후 황춘효는 뒤도 돌아보지 않고 액셀을 밟았다. 속으로 최영만이 조금 안됐다는 생각을 가졌으나 크게 상관없다고도 생각했다.

"이곳은 1동부터 43동까지 있습니다. 작가님이 지낼 곳은 저희 집이 있는 3동인데요. 차가 없으서서 위치가 좀 불편할 겁니다. 슈퍼마켓이나 상가를 가려면 언덕을 한참 올라간 뒤 다시 내려가야 하고요. 버스정류장에 가려고 해도 불편하죠. 하지만 제가 도와드릴 테니 걱정 마십쇼."

황춘효의 말대로 위치도 애매했고 밖에서 본 것보다 음산했다. 놀이터 옆은 짓다 만 건물 잔해가 있었는데 상당히 묘한 기분이 들었다. 본래는 놀이터가 있는 터까지 포함해서 아래까지 아파트를 지으려던 것 같았다.

"작가님도 저곳이 먼저 눈에 들어오시나 봅니다. 아파트를 한번 둘러보시면 이상한 점이 하나 있을 겁니다."

저절로 아파트 동수에 눈이 갔다.

"4동이 없네요?"

황춘효의 눈이 가늘어졌다.

"하하하, 그렇습니다. 이 아파트에는 4동이 없습니다. 제가 이사 올 때 들은 바로는 4동을 지으면서 사람들이 많이 죽었다고 합니다. 그래서 짓는 걸 포기하고 이렇게 잔해만 남겨두었다 하네요. 잔해를 해체하는 일도 사람이 죽을까 봐 철수한 것 같습니다. 혹시 4동의 사(四)가 죽을 사(死)가 아닐까요? 농담입니다. 하하하…."

미신을 믿지 않았지만 여러모로 재수 없는 곳에 와버렸단 생각에 한숨이 나왔다. 황춘효는 그런 나를 보고 크게 웃었다.

"하하하, 작가님 혹시 무서우신가요? 그래도 남자 아닙니까. 옛날부터 여기가 무덤이 많았던 터라고 합니다만 저는 개의치 않습니다. 요즘 세상에 귀신이 어디 있습니까? 다 미신입니다. 진짜 무서운 것은 사람이죠."

황춘효가 잠시 주위를 두리번거리더니 얼굴을 슬쩍 내밀었다.

"한 가지 주의사항이 있습니다. 다른 건 아니고 요기 앞에 2동 109호 말입니다. 이상한 남자가 하나 삽니다. 사람만 보면 실실 웃는데요, 혹시라도 만나게 된다면 대꾸하지 마시고 피하십시오. 정신 나간 사람입니다. 도깨비처럼 시도 때도 없이 나타나 불쾌감을 준다고 주민들은 도깨비라고도 합니다. 얼마 전에 희한한 일이 있었…."

황춘효가 하던 말을 멈추고 눈을 동그랗게 떴다. 뒤를 돌아보니 한 사내가 음흉하게 웃고 있었다. 깡마른 체형에 면으로 된 새카만 옷을 입고 있었는데, 찢어진 눈이 강렬했다. 웃을 때 보이는 덧니 때문일까, 정말 도깨비를 연상하게 했다.

"작가님, 엮이면 좋을 게 하나 없습니다. 어서 올라가시죠."

1층과 2층 사이에 있는 복도 창문으로 그가 우리를 계속 응시하고 있는 모습이 보였다. 황춘효는 재빨리 현관문을 열었다.

"이곳이 작가님께서 지낼 방입니다."

서울에 있는 자취방과 비교하면 호텔이었다. 거실에는 소파와 텔레비전, 비디오 재생기가 있었고 한쪽 방에는 침대, 한쪽 방에는 책상이 있었다. 깨끗한 집은 오랜만이었다.

국문과에 가면서부터 아버지 심기를 건드린 나는 부모의 도움을 일체 받지 않겠다며 집을 나왔다. 설상가상 독재 권력에 맞선다는 이유로 운동권에 참여하면서 부자 관계는 되돌리지 못할 만큼 멀어졌다. 하숙은 많은 이들과 사는 게 불편했기에 선배가 소개시켜 준 서대문에서 가장 값싼 방에 살았다. 장판이 일어나고 곰팡이가 곳곳에 핀 곳이었다. 여름에는 바퀴벌레 천국이었고, 겨울이 오면 실내에서도 물이 얼었다. 물론 장 실장이 아버지 몰래 용돈을 주었기에 다른 이들보다 편하게 살았지만, 종종 이렇게 사는 것에 회의감이 들 때가 많았다. 부끄러운 말이지만 때로는 타협하고 싶단 생각도 자주 들었다.

한참 지난 일이 떠오를 무렵, 황춘효가 현관에서 신발을 신고 있었다.

"작가님, 일단 집 구경하시면서 쉬세요. 어차피 관리비는 장 이사님이 내시니까, 전화도 부담 없이 쓰세요. 대학 친구들에게도 전화하시고요. 그리고 무슨 일 있으면 전화기 옆에 번호로 연락주세요. 저희 집입니다."

황춘효가 나가자마자 문을 잠갔다. 그러곤 장 실장에게 전화를 걸었다.

"어어 치영 군, 부산에는 잘 도착했나?"

"지금 막 집에 들어왔어요. 아저씨, 약속대로 여기서 얌전히 지낼 테니까 같이 시위했던 사람들 잘 부탁드릴게요."

"걱정 마, 걱정 마. 내가 다 알아서 해 줄 테니. 자네나 거기서 편하게 지내게. 그럼 지금 바쁘니까 다음에 또 통화하자고."

장 실장과 통화가 끝난 뒤 한참 전화기를 봤다. 다른 동지에게 나왔단 사실을 말하고 싶었다. 아무래도 그게 맞는 것 같았다. 수화기를 들어 전화번호를 누르려는데 부엌 쪽 베란다에서 기분 나쁜 웃음소리가 났다. 천천히 다가가 부엌 쪽 베란다 문을 열었다.

"으아아악!"

눈을 의심했다. 2동 109호 남자가 창문에 매달려 머리만 내밀며 웃고 있었다. 너무 놀라서 벌벌 떨고 있는데, 현관문 손잡이가 덜컹거리더니 열렸다. 황춘효였다. 그가 우리집 열쇠를 들고 있다는 점이 마음에 걸렸지만 그걸 따질 겨를이 없었다.

"작가님, 무슨 일이십니까?"

"저, 저기 앞 동에 109호 남자가 있었어요."

"차, 창문이요?"

아무도 없었다. 한순간에 거짓말쟁이가 된 기분이었다. 황춘효는 기이하다는 듯 고개를 갸우뚱댔다.

"정말 이상합니다. 헛것이라고 하기에는 작가님 말고도 도 씨를 봤다고 수군거리더군요. 19동 502호 할머니도 도 씨를 봤다고 했고, 5동에 사는 아주머니도 도 씨가 방에서 웅크리고 노려봤다고 했습니다. 그런데 정신을 차려보면 사라져 있으니까 겁이 나죠. 희한한 것은 집에서 도 씨를 본 이후로 흉흉한 일을 당했다는 겁니다. 502호 할머니는 남편이 돌아가셨고, 5동에 사는 아주머니도 아이가 죽었죠."

"그 말은 설마 도 씨가… 사람을 해쳤단 말씀이신가요?"

황춘효의 눈이 커졌다.

"그럴지도 모릅니다. 저희만 그렇게 생각하는 건 아니니까요. 정말 기이한 것은 신고를 받은 경찰이 도 씨 집에 방문할 때마다 무언가에 홀렸는지 아무런 혐의가 없다고만 말하니 주민들은 답답하죠. 너무 걱정하지 마십시오. 제가 벼르고 있습니다. 언젠가 제 눈앞에 나타나면 그땐 가만두지 않을 겁니다. 하하하…."

황춘효 역시 도 씨를 혐오하는 듯했다. 혹여 도 씨가 어딘가에서 듣고 있을까, 집에 있는 창을 모두 열어 밖을 확인했다. 아파트 입구 아래에서 도 씨가 음흉한 미소를 지으며 우리를 보고 있는 것이 아니겠는가? 황춘효는 언성을 높였다.

"이보세요. 이거 너무 한 거 아닙니까? 사람에게는 프라이버시라는 게 있는 겁니다. 당신이 베란다 창문에 매달려서 이 집을 훔쳐본 거 맞죠? 도대체 왜 그러는 겁니까?"

도 씨는 기이한 웃음소리를 냈다.

"크흐흐흐흐…. 내가 베란다 창문에 매달렸다고요? 증거 있어요? 고양이도 거기에 못 올라갈 터인데, 제가 무슨 수로 올라가요? 그거 참 듣고 있으니 열 받네?"

눈을 흘기며 노려보는데 불쾌했다. 나 역시 도 씨에게 한마디 하려고 했으나 황춘효가 창을 닫았다.

"작가님, 상종하지 마십시오. 상종해봤자 작가님 감정만 상합니다. 저놈은 미친놈입니다."

문을 닫았지만 도 씨의 웃음소리가 끊이질 않았다.

"이사 오신 분, 거 조심하세요…. 이 동네에 괭이할멈이라는 요물이 살아요. 끼히히히…."

그는 진정 광인인 듯했다. 황춘효도 그에게 질렸는지 안색이 어두웠다.

"작가님, 조금만 참아주세요. 조만간 제가 처리해보겠습니다."

02

도 씨 때문에 누군가 이 집을 지켜보고 있단 기분을 떨칠 수 없었다. 집에 있는 창을 모조리 잠갔다. 아무리 생각해도 부엌 쪽 베란다에서 본 것은 도 씨였다. 헛것이라고 하기에는 너무 선명했다. 더욱이 다른 주민들도 비슷한 경험을 했다기에 불안했다. 이곳에 와서도 마음 편할 날 없다는 사실에 한숨이 나왔다. 피곤했다. 이리저리 몸을 뒤척이다 어느새 잠이 들었다.

꿈을 꿨다. 캄캄하고 습한 그곳이었다. 그때와 다른 점이 있다면 방마다 문이 열려 있었다. 어떤 사내들은 손발이 묶인 사람에게 주먹질을 하고 있었고, 어떤 사내들은 욕조에 가득 담긴 물에 사람의 머리를 담갔다. 비명소리에 온몸에 털이 섰다. 달려가 그들을 도울 수도 없었다. 나 역시 사내들에게 양팔을 잡힌 채 끌려가고 있었기 때문이다. 그들은 끝이 보이지 않는 곳으로 나를 데려갔다. 기다란 복도를 지날 때마다 고통스러웠다. 문이 열린 방을 외면하려고 해도 시선이 계속 갔다. 그러던 중 낯익은 사람 하나가 눈에 들어왔다. 용우 선배였다. 시퍼렇게 멍든 얼굴이 퉁퉁 부어 있었지만 알아볼 수 있었다. 그는 겁에 질린 표정으로 애처롭게 내 이름을 불렀다.

"치영아, 치영아⋯. 도망쳐⋯."

사내들은 용우 선배를 걷어차고 뺨을 때렸다. 나는 온 힘을 다해 선배에게 가려고 했으나, 사내들의 힘에 이끌려 끝이 없는 복도를 걷기만 했다.

눈을 떴다. 사방이 캄캄했다. 순간 무서운 기분이 들었다. 왜 그런 꿈을 꿨는지 혼란스러웠다. 신경이 곤두서 있는데, 복도에서 걸음소리가 나더니 우리 집 현관 앞에 멈췄다. 잠시 후 현관문 손잡이가 마구 흔들렸다. 대낮에 도 씨를 본 탓에 충격을 받아서였을까, 아무런 말도 하지 못하고 캄캄한 현관 쪽만 응시했다. 누구냐고 물었어야 하는데 나도 모르게 아무 말 없이 숨죽이고 있었다.

그때, 열쇠 돌아가는 소리와 함께 문이 열렸다. 너무 놀라서 소리도 지르지 못하고 굳어버렸다. 도망쳐야 하는지, 맞서 싸워야 하는지 선택도 하기 전에 거뭇거뭇한 형태가 방으로 들어왔다.

"탁!"

불이 켜졌다. 황춘효였다.

"작가님, 아무리 벨을 누르고 문을 두드려도 대답이 없기에 비상열쇠로 문을 따고 들어왔습니다. 저녁 식사 준비가 다 되었습니다. 저희 집에 가시죠."

안도의 한숨이 나왔다. 이제 그만 예민해질 때도 되었다는 생각이 들었다. 이마에 맺힌 땀을 닦으며 일어났다.

"잠시만 기다려 주세요. 빈손으로 가기가 좀 그래서⋯."

새벽에 김 기사가 챙겨 준 수입산 고급과자세트를 가지고 나섰다. 황춘효 집 현관문을 여니 맛있는 냄새가 진동했다. 황춘효의 아내와 어린 아들이 문 앞에 서 있었다.

"제 아내와 아들 민우입니다."

거실에 들어서니 커다란 상에 산해진미가 놓여 있었다. 한식부터 양식까지 다양하고 먹음직스런 음식들이 이성을 잃게 만들었다. 좀 전에 꿨던 악몽이 잊혀졌다. 자리에 앉아 수저를 들어 정신없이 먹었다. 황춘효 아내의 음식 솜씨는 훌륭했다. 특히 소갈비 찜은 아무리 먹어도 질리지 않았다. 정신없이 먹다 보니 배가 불렀다. 황춘효가 비어 있던 내 잔에 술을 따랐다.

"작가님, 집은 마음에 드십니까?"

"호텔처럼 깨끗하고 냉장고도 가득해서 지내기 좋습니다."

황춘효는 싱긋이 웃으며 말했다.

"친구들 부르기 참 좋지요? 서울에서 함께 지내던 친구들 연락해서 부르세요. 곧 여름 아닙니까? 혼자 있기 적적하잖아요. 젊을 때는 친구들하고 노는 것만큼 남는 게 없습니다. 아니면 갈 곳 없는 친구들을 데려와도 좋죠."

황춘효 말에 경찰들이 쫓고 있는 동지들 얼굴 몇이 떠올랐다. 그들을 해운대로 데려와 지낼 수 있게 한다면 경찰들 눈도 피할 수 있고 마음도 편할 것 같았다.

"생각해 보겠습니다…."

"그러세요. 친구들 데려오시면 제가 진수성찬으로 모시겠습니다. 그나저나 여보, 앞집 도 씨 때문에 작가님이 아주 놀라셨어. 내가 집에 모셔드리고 잠시 집에 온 사이에 도 씨가 부엌 베란다 창문에 매달려서 보고 있었다고 하데?"

도 씨 이야기가 나오자 황춘효의 아내 미간이 순간 찌푸려졌다.

"저, 정말요? 어떻게 합니까. 작가님, 많이 놀라셨지예. 동네 사람들도 도 씨 보고 한두 번 경악한 게 아닙니다. 정말 희한한 사람이라예. 젊은 사람이 와 그라고 다니는지 모릅니다. 그냥 봐도 못 본 척하고 다니는 게 좋습니다. 저희한테도 처음에는 모질게 하더만 아예 모른 척하니까 말도 안 걸더라고예. 옛날부터 동네에 미친 사람 하나씩은 있다 아닙니까."

도 씨 이야기를 하다 보니, 우리 셋의 표정이 일그러져 있었다. 그때 민우가 끼어들었다.

"아닌데? 2동에 109호 사는 왕걸이 형 말하는 거지? 왕걸이 형 좋은 사람인데? 저번에 원준이가 공 꺼내다가 차에 부딪힐 뻔했는데, 왕걸이 형이 구해줬는데? 진짜 원준이 크게 다칠 뻔했어!”

황춘효는 아내에게 눈치를 줬다.

“민우야, 어른들 이야기 하시니까 끼어들면 안 돼. 이제 네 방도 생겼으니 방으로 들어가!”

“싫어, 그 방 싫단 말이야. 절대 안 들어갈 거야.”

민우가 싫다며 투정을 부리자, 황춘효 아내가 서둘러 민우를 데리고 방으로 들어갔다. 녀석의 행동에 계속 눈이 가던 중 우연히 방 안까지 보게 됐는데, 거실이나 안방과는 다르게 휑한 기분이었다. 더욱이 문을 여는 순간 퀴퀴한 냄새가 나서 애써 먹은 음식물이 올라올 것 같았다. 꼭 할머니나 할아버지가 쓰던 방을 물려받은 것 같다고 해야 할까?

“민우 방은 어르신이 쓰던 방이었나요?”

황춘효가 눈을 동그랗게 뜨더니 당황하는 듯했다. 한참 뜸을 들이고 나서야 대답했다.

“네? 아니요…. 얼마 전까지 창고처럼 사용하다 민우 방이 됐습니다. 뭐… 뭔가 휑하죠? 조… 조만간 도배도 하고 책상이며 걸상도 놓아 줄 겁니다. 책도 넣어 주고요.”

단지 궁금했을 뿐인데, 당황하는 것 같아 괜한 말을 꺼낸 기분이었다. 실례를 범한 것 같아서 서둘러 일어났다.

“황 과장님, 잘 먹었습니다. 태어나서 이토록 맛있는 음식은 처음이었습니다. 아무쪼록 감사드립니다.”

"벌써 가시게요? 옆집인데 좀 놀고 가시죠? 아니면 차만 마시고 가셔요."

"아닙니다. 내일 출근하셔야 하는데 실례인 것 같아서요. 덕분에 무사히 서울에서 해운대까지 잘 왔습니다. 조만간 또 찾아뵐게요. 감사합니다."

내가 집에 간다는 말에 황급히 황춘효의 아내가 나왔다. 황춘효의 반응 때문에 신경이 쓰이는지 모르겠으나, 그녀가 문을 재빨리 닫는 듯했다. 묘하게 방을 보여주기 싫어한다는 생각을 떨쳐 낼 수 없었다.

과식을 해서 속이 더부룩했다. 이대로 집에 가서 자다가는 탈이 날 것 같았다. 열었던 현관문을 닫은 후 밤 산책을 나섰다. 저녁 여덟 시였지만 다니는 사람이 꽤 많았다. 도 씨가 신경이 쓰였는데, 다시 한번 놀라게 한다면 가만두지 않겠다고 마음을 먹으니 두렵지 않았다.

아파트는 꽤 길게 언덕까지 이어져 있었고 동과 동 사이에는 계단이나 통로가 많았다. 미로 같다는 생각에 신기했다. 황춘효의 차를 타고 올 때도 느꼈지만 나무가 무진장 많았다. 가로등 불빛에 비친 그 모습이 꽤 기괴했다.

한참 커다란 오르막을 오르니 길이 네 개가 있었다. 어디로 가야 할지 고민이 됐다. 왼쪽으로 내려가는 길은 상가와 버스정류장으로 가는 방향이었고, 오른쪽으로 가는 길은 이십

동부터 시작되는 아파트 단지였다. 직진을 하면 삼십 동부터 시작되는 아파트 단지였는데, 커다란 벚나무가 길게 뻗어 있었다. 직진으로 가는 길과 오른쪽으로 가는 길 사이에는 계단이 하나 있었는데, 사람들에게 물어보니 '달맞이 언덕'으로 가는 길이라고 했다. 호기심에 계단을 올랐다.

재밌는 동네였다. 탱자나무들을 지나 빌라들이 늘어선 골목을 따라 오르니 교회 하나가 보였다. 그곳 아래로 내려가니, 밤바다가 한눈에 보였다. 분위기는 좋은데 처량하게 있으니 묘한 기분이 들었다. 순식간에 그 자리에서 담배 한 갑을 모두 폈다. 앞으로 어떻게 살아가야 할지 막연했다. 이게 맞는지, 저게 맞는지 도무지 답을 내릴 수 없는 복잡한 심정에 괴로웠다. 그곳에 한참 동안 서서 바다를 보고 있을 무렵이었다.

"저기요⋯."

젊은 여자였다. 그녀가 상냥한 웃음을 짓고 있어 못 본체할 수 없었다.

"무, 무슨 일이세요?"

"저⋯ 초량으로 가려면 어떻게 가야 해요?"

언뜻 황춘효가 부산역 근처에서 자신이 살던 곳이라고 소개한 기억이 났지만 어떻게 가는지 알 수 없었다. 사람들에게 물어보려 해도 지나가는 이 하나 없었다. 시계를 보니 밤 10시 40분이었다.

"대공아파트 방향으로 내려가는 길에 버스 정류장이 있던데, 그곳으로 가보시죠? 제가 서울 사람이라 잘 모르겠네요. 죄송합니다."

갑자기 밤공기가 서늘하게 느껴져 내려가려는데, 그녀가 다시 내 팔을 잡았다.

"미안한데요, 제가 다리를 많이 다쳐서 그런데…."

그제야 그녀의 상태가 보였다. 새하얀 원피스는 흙투성이였고, 무릎이 찢어져 피가 흘렀다. 본의 아니게 도움을 청할 사람이 황춘효밖에 없었다. 차를 타고 아파트 아래에 있는 병원 응급실로 데려갈 생각이었지만 공중전화는 보이지 않았다. 나는 재빨리 손수건을 삼각끈으로 만들어 상처에 감았다.

"이거 심각한데요? 일단 업히시죠. 제 지인이 차가 있습니다. 지인 집까지 가서 병원에 데려다 드리겠습니다. 괜찮으세요?"

그녀가 업혔다. 약골인 내가 업을 수 있을 만큼 가벼웠다. 집까지 약 250미터 정도였는데, 충분히 업고 갈 자신이 있었다. 달맞이 고개를 내려오면서부터 분위기가 어색해 말을 걸었다.

"다른 곳은 안 다치셨나요? 어쩌다가 다친 거예요?"

"기억이 안 나요. 눈을 뜨니까 언덕 아래에 있는 숲이었어요."

순간 소름이 돋았다. 서울에서 유행하는 신종 인신매매가 떠올랐다. 여성의 머리를 가격해 봉고차에 싣는다는 기사를 본 적이 있었다.

"많이 놀라셨겠네요. 병원 가기 전에 일단 가족분들에게 연락을 해야겠네요. 전화번호가 어떻게 되셔요?"

"……."

여인은 말이 없었다. 다시 물어도 대답하지 않았다. 무슨 사연이 있을 거란 생각에 병원으로 옮긴 후 파출소에 신고할 생각이었다.

그나저나 집까지 200미터 남은 시점에서 여인이 점점 무거워지는 것 같았다. 기분 탓이라고 하기에는 급격한 무게 변화였다. 더욱 신경 쓰였던 것은 여인이 상체를 흔들어 중심을 잡기 힘들었다. 설상가상 안개까지 꼈는데, 흐릿한 시야로 사람 하나가 걸어오고 있었다. 도움을 청하기 위해 말을 걸려고 했으나 얼어붙고 말았다. 도 씨였다. 그가 나를 보더니 기분 나쁘게 웃었다.

"크흐흐흐…. 서울내기 씨, 늦은 밤에 뭐 하는 거요?"

무시하려고 했으나 그럴 수 없는 상황이었다.

"사… 산책 나갔다가 다친 분이 계셔서 도와드리려고요."

도 씨는 심드렁한 표정을 지었다.

"에휴, 누가 누굴 돕는다는 거야? 수고해요."

도 씨는 그냥 지나쳤다. 별일이 일어나지 않아 안도하며 가던 중, 도 씨가 나를 불렀다.

"어이 서울내기 씨!"

"왜요?"

"왼쪽 어깨 안 아파요?"

"어깨가 왜…."

순간 어깨가 찌릿하고 따끔한 기분이 들었다. 고개를 돌리니 어깨에 피가 잔뜩 묻어 있었다. 더욱이 새하얀 머리카락이 목과 어깨를 감싸고 있었다. '그르릉' 같은 고양이의 앙칼진 울음소리도 들렸다. 그제야 정신이 번쩍 들었다.

"저… 저기요…. 지금 괜찮으시죠?"

대답 없는 그녀였다. 화들짝 놀란 나는 몸을 털었다.

"갸아아옹!"

그녀가 펄쩍 뛰어오르더니 내 앞에 섰다. 경악을 금치 못했다. 젊은 여인은 온데간데없고 백발의 노파가 입에서 걸쭉한 피를 흘린 채 노려보고 있었다. 그 모습은 어린 시절 이야기에서만 듣던 귀신이었다. 노파는 매섭게 눈을 흘기며 날카로운 목소리로 웃어댔다.

"켁케케케…."

눈을 의심했다. 이번에는 노파의 얼굴에 새하얀 털이 돋아나며 눈동자가 고양이처럼 변했다. 온몸이 경직되어 움직일 수 없었다. 그녀는 코를 킁킁대며 머리를 불쑥 내밀었다. 날카로운 송곳니가 돋은 이빨과 손톱을 보니 나를 살려둘 것 같지 않았다. 이 광경을 믿을 수 있겠냐며 도 씨를 봤지만, 어느 틈에 사라지고 없었다.

호랑이를 만나도 정신만 똑바로 차리면 살 수 있다는 옛말이 떠올랐다. 그녀가 다리를 다쳤다는 사실이 떠올랐다. 도망친다면 쫓아오지 못할 거라 생각해 온 힘을 다해 달렸다. 그러나 그녀는 주차된 차들을 밟고 뛰어오르더니 단숨에 내 앞에 섰다. 미칠 노릇이었다. 노파는 점점 인적이 드문 나무들 속으로 몰았다. 가로등 불빛과 멀어질수록 노파의 눈이 샛노랗게 번쩍였다. 이젠 죽은 목숨이라 생각하고 있는데, 갑자기 노파가 뒷걸음질 쳤다. 그러더니 가로등 불빛이 있는 곳으로 뛰어나갔다. 다시 한번 눈을 의심했다. 고양이 요괴 모습이 아닌, 달맞이 고개에서 봤던 여인이 곤란한 표정을 지으며 인적 없는 길로 달렸다. 그녀가 달려간 길을 한참 동안 멍하니 봤다. 귀신에게 홀린 기분이었다. 어린 시절, 시골에서 할머니가 했던 말이 불현듯 떠올랐다.

'귀신이나 도깨비에게 홀리면 저 세상 가는겨. 너도 잘 알지? 밤나무 뒷집 상만이네 아버지가 말이여, 늦게까지 술 마시고 여우골을 지나다가 웬 여자가 말을 걸었다는 거야. 그 여자가 상만 아버지 보고 그 길로 가면 절벽이라면서 자기를 따라

오라는 거야. 여자를 따라 걷고 있는데, 갑자기 땅이 쑥 꺼졌다고 하데? 상만 아버지가 절벽 아래로 굴러떨어진 거지. 상만 아버지가 아파서 끙끙 앓고 있는데, 그제야 그 여자가 상만 아버지를 노려보며 미친년처럼 웃었다는 거야. 다행히도 상만 엄마가 마을 사내들 몇이랑 여우골을 샅샅이 뒤져서 결국 집에 데려왔는데, 글쎄 상만 아버지가 그때부터 정신이 나가 버린 것이지. 열은 펄펄 나고 온몸이 아프다고 울기까지 했대. 어느 날 정신을 차린 상만 아버지 말이, 여우귀신 고것이 마당 앞까지 찾아와서 아직도 안 죽었냐면서 밤마다 노래를 불렀다는데…. 결국 상만이 아버지는 시름시름 앓다가 죽었어. 그러니까 치영아 무슨 일이 있어도 여우골은 가지 말어.'

중학교 진학을 막 앞둔 무렵에 들었던 할머니 말이 사실일지도 모른단 생각이 들었다. 세상에 귀신이 어디 있겠냐며 속으로 비아냥댔지만 겪어 보니 알 것 같았다. 나 역시 머리가 어질어질하고 온몸이 시렸다. 결국 몇 발자국 발걸음을 떼지 못하고 그 자리에서 쓰러졌다.

03

처음 눈을 떴을 때 누런 천장이 보였다. 두 번째 눈을 떴을 때 약재 끓이는 냄새가 났다. 세 번째 눈을 떴을 때 도 씨가 인중을 뺀 채 나를 보고 있었다. 벌떡 일어나 비명을 질렀다.

"으아아아악!"

도 씨가 내 입을 틀어막았다.

"예의 없는 서울내기 정말 열 받네? 살고 싶으면 조용히 해. 소리를 지르면 요물한테 물린 독이 온몸에 퍼진단 말이야. 기껏 요괴한테 물려 죽어가는 걸 살려났더니…."

움직일 수 없었다. 어깨부터 팔까지 붕대로 칭칭 감겨 있었다. 그가 새카맣고 걸쭉한 액체가 든 그릇을 내밀었다. 정신이 번쩍 들 정도로 악취가 심했다. 의심 가득한 눈으로 도 씨를 봤다.

"하여튼 서울내기, 의심은 많아요. 누가 독약이라도 탔을까 봐? 애초에 죽이려면 그냥 길바닥에 두고 오지, 힘들게 집까지 데려와서 살리겠어? 의심 받으니까 괜히 열 받네?"

일리 있는 말이었다. 불현듯 도 씨가 나쁜 사람이 아니라던 민우의 말이 사실일지도 모른단 생각이 들었다. 애초에 나쁜 마음을 품었다면 구하지 않았을 것이다. 몇 번을 생각해도 그가 나를 구해준 것은 어떤 의도가 있는 것은 아니었다. 하지만 악취가 나는 탕약은 도저히 마실 수 없었다. 인상을 찌푸리며 탕약을 치우려는 순간, 그가 매섭게 노려봤다.

"이, 이걸 어떻게 마셔요? 약에서 악취가 나잖아요."

의심이 기분 나쁜 듯 그릇을 뺏었다.

"먹기 싫으면 먹지 마, 요물에게 물리면 너도 요물이 되는 거야. 그거 안 먹으면 방법이 없어. 나중에 송곳니 나오고 몸에 털 돋아나면 백 번을 마셔도 소용없어. 너 같은 놈이 이성을 잃으면 여럿 죽이고 다니겠지. 이미 네놈이 기절했을 때, 두 번 정도 마셨어. 한 번만 더 먹으면 회복이 될 거야. 그리고 나 잘되라고 하는 말이냐? 다 너 잘되라고 하는 말이야. 어른이 주면 감사한 마음으로 마셔야지!"

나이 차도 나랑 얼마 나지 않는 인간이 꼰대처럼 말하는 게 마음에 들지 않았지만 요물이 된다는 말에 단숨에 삼켰다. 탕약은 세상에서 가장 역한 맛이었다. 냄새만 맡아도 두통을 부른다고 할까. 고통스런 표정으로 모두 마시자 도 씨가 얄미운 표정으로 웃었다.

"키히히히…. 사실 안 마셔도 돼. 네놈이 잘 때 먹인 것만 해도 충분해. 생각보다 많이 만들어서 아까워서 먹인 거야."

도 씨는 요란하게 웃었다. 뭐 저런 인간이 있나 기분이 나빴다. 더 이상 상종하면 안 될 인간이라는 생각이 들었다. 좀 전까지 익살스러웠던 도 씨의 표정이 순식간에 진지해졌다.

"서울내기, 어제 자네가 본 것이 무엇인지 알아? 괭이할매야. 사람을 홀려서 잡아먹는 요물이지. 이 동네에 당한 사람만 해도 몇이야? 할배랑 아이 하나…. 자네, 정말 큰일 날 뻔했어."

김 기사와 최영만이 했던 말이 사실임을 몸소 느꼈으나,

그럼에도 믿을 수 없었다.

"정말 그런 것들이 있나요?"

"보고도 몰라? 세상에는 인간의 상상을 초월하는 존재들이 많지. 옛날이야기 속 구미호나 요괴들이 모두 허구는 아니란 말일세. 요물은 누구나 될 수 있어. 자네도 될 수 있다는 말이야. 요물이 되는 방법은 참 쉬워. 첫 번째는 추악한 마음이 인간의 본성을 넘어서는 경우 사악한 요물이 되고, 두 번째는 깊은 원한을 가진 사람이 죽기 직전에 영물에게 몸을 바치는 경우야. 흐흐흐…. 알고 보면 이 세상은 정말 무섭다. 요물 천지거든?"

인간 세상도 두렵고 겁나는 것들이 천지인데, 귀신까지 엮인 인생이라니 억울했다.

"괭이할매라고 했나요? 그 요물이 저한테 왜 그랬을까요?"

"글쎄…. 네놈이 맛있게 생겨서겠지? 크흐흐흐."

대화가 안 되는 인간이었다. 집에 가려고 일어났다.

"지금 가면 안 돼!"

그가 커튼을 걷으며 창문 밖을 가리켰다. 비가 억수같이 내리고 있었다.

"비 오는 게 왜요? 어차피 코앞인데 비 좀 맞아도 돼요."

"아니, 자네 집을 봐. 황가 놈이 베란다에 있잖아."

황춘효가 회사도 가지 않고 우리 집 베란다에서 근심 가득한 표정으로 담배를 피우고 있었다. 말도 없이 사라진 나 때문인 듯했다.

"황춘효 씨가 저희 집 열쇠를 가지고 있어요. 황춘효 씨랑 제 관계는⋯."

"그런 건 난 모르겠고, 집에 가지 마. 몸도 불편한데 조금 더 자는 게 어때? 나는 자네 때문에 삼 일간 한숨도 못 잤으니 이제 자야겠어."

도 씨는 혼잣말을 중얼거리다 방으로 들어갔다. 삼 일이 지났단 이야기에 깜짝 놀라 텔레비전을 켰다. 우측 상단 화면의 날짜를 보니 사실이었다. 도 씨가 들어간 방문을 열었다.

"헉⋯."

눈을 의심했다. 도대체 도 씨의 정체는 무엇인가? 진정 그는 주민들 소문처럼 도깨비일지도 모른다는 생각이 들었다. 그가 들어간 방은 텅텅 비어 있었다. 다른 방으로 착각한 것이라 생각해 옆방 문도 열었지만 빈방이었다. 뭐가 어떻게 된 일인지 혼란스러웠다. 정신병이 걸릴 것 같았다. 도 씨가 먹인 약 때문이었을까, 갑자기 어지러워 침대에 누웠다.

꿈을 꿨다. 그때 그곳이었다. 손목에 수갑이 채워진 채로 끌려가고 있었다. 여전히 사람들의 비명이 들렸다. 그날은 유독 벌거벗은 채로 고문 받는 사람들이 많았다. 비인간적인 행위를 차마 보고 싶지 않았다. 화가 났다. 국민이 독재에 맞서 싸운 일이 그렇게 잘못된 일일까? 헌법에 명시된 대로 모두가 평등한 세상을 바란 게 크나큰 잘못인지 억울했다. 동지들의 비명에 눈물이 났다. 외양간에서 나온 소처럼 끌려가던 와중에 친한 동생인 남철이가 나를 부르는 소리가 들렸다.

"형! 나야, 남철이야. 나 좀 살려줘…."

남철이는 내가 운동권으로 데려온 아이였다. 공부로 성공해서 홀어머니에게 효도하겠다던 녀석을 인생 좀 가르쳐보겠다며 시위에 참여시켰다. 사내들은 남철이 배를 사정없이 때렸다. 도저히 보고만 있을 수 없었다. 나를 잡고 있던 놈들을 내팽개치고 남철이에게 달려갔다. 이게 무슨 짓이냐며 따졌다. 사내들은 기가 차다는 듯 웃더니 내 팔을 꺾었다. 그러곤 그때처럼 뺨을 세차게 때렸다. 꿈속이었지만 무진장 아팠다.

"일어나라고…. 도대체 언제까지 잘 거야? 해가 졌어."

눈을 떴다. 도 씨가 내 뺨을 때리고 있었다. 시계를 보니 저녁 6시 30분이었다. 아홉 시간 이상 잤다는 사실에 벌떡 일어났다. 신기하게도 몸이 가벼웠다. 요물에게 물린 어깨에 통증이 하나도 없었다. 붕대를 풀어보니 상처도 말끔히 사라져 있었다. 도 씨는 그런 나를 보며 음흉한 눈빛으로 웃었다.

"크흐흐흐…. 훨씬 몸이 가볍지? 역시 요물에게 물린 상처에는 양파탕이지!"

"양파탕? 양파를 넣어 끓인 탕인가요?"

"아니, 양서류와 파충류를 끓인 탕이야. 개구리랑 도마뱀 또 뭘 넣었더라? 아무튼 몸에 아주 좋을 거야."

도 씨는 광인이 틀림없었다.

"그나저나 네놈이 들어간 집 말이야. 누군가 몰래 훔쳐보고 있는 기분이 들지 않아? 네놈은 내가 엿보고 있다고 착각하는 것 같지만 난 아니야. 흐흐흐…."

정말 이상했다. 도 씨는 내 속을 훤히 꿰뚫고 있었다.

"당신 정체가 뭡니까? 정말 도깨비 같은 건가요? 당신이 자러 들어간 곳 문을 열었는데 빈방이더군요. 솔직히 말해서 정신병에 걸릴 것 같습니다. 귀신같은 것에 시달리지 않나…."

도 씨는 특유의 음흉한 미소를 지었다.

"키히히히히…. 도깨비? 글쎄? 네놈이 잘못 본 거겠지. 이곳이 어떤 곳이냐면 옛날부터 무덤터란 말이지. 그 말은 무엇이냐? 귀신이나 도깨비 같은 요물들의 터전이란 말이야. 어느 날 갑자기 아파트가 들어서면서 인간들과 함께 지내게 됐지 뭐야. 그러면서 문제가 생긴 거야. 귀신 사는 곳에 집을 지으니 기가 약한 사람은 귀신에 들리기도 하고, 심보 나쁜 요물들이 해코지하기도 하지."

문득 완공시키지 못한 4동이 생각났다.

"그렇다면 이 아파트 4동을 짓지 못한 것도 귀신이나 요물들 짓인가요?"

도 씨는 고개를 저었다.

"아니, 그건 헛소문이야. 지반 약한 곳에 아파트를 지으려고 하기에 몇 놈 놀라게 해줬지. 만약에 아파트를 지어서 사람이 살았어 봐. 약한 지반 때문에 멀쩡한 사람들이 죽어 나갔겠지. 몇 번이나 겁을 줘도 지으려고 하기에 힘들었어. 네놈은 어디서 헛소문을 듣고 다니는 거야?"

그렇다면 4동을 짓지 못하게 한 자가 도 씨란 말인가? 어디서부터가 진실이고 어디까지가 거짓인지 알 수 없었다.

"황춘효에게 들었습니다."

도 씨의 오른쪽 눈썹이 파르르 떨렸다.

"자넨, 황가 놈을 믿나?"

"글쎄요? 믿는다는 의미를 모르겠습니다. 친절하고 따뜻한 분인 것 같은데요?"

그는 불만 가득한 표정을 지었다.

"쯧쯧쯧…. 아직 사람 보는 눈이 없구만? 그놈 정말 무서운 놈이야. 네놈 황가 집에서 식사한 적 있지? 이상한 거 못 느꼈어?"

그날 황춘효 집에서 유일하게 이상하게 느꼈던 것 하나가 떠올랐다.

"아들을 데려간 방이 하나 있었는데요, 그 방이 좀 이상했어요. 횡하고 퀴퀴한 냄새가 났어요. 지금 생각해 보면 어르신이 쓰던 방처럼 느껴졌습니다."

갑자기 도 씨는 덧니를 보이며 빙긋이 웃었다.

황춘효는 부모님을 언급한 적도 없었고 자신을 포함한 아내와 아들 세 식구가 산다고 했다. 허나 부모님을 모시고 산다고 한들 이상하게 생각하는 것 자체가 이상한 일이었다. 누구나 타인에게 말하기 싫은 부분이 있기에 황춘효가 거짓말을 했다고 생각지 않았다.

갑자기 도 씨는 광기 어린 표정을 지으며 내 손목을 덜컥 잡았다.

"서울내기, 내가 자네를 살려줬으니 은혜를 갚아야지 않나? 나 좀 도와줘. 이히히히…."

당황스러웠다. 승낙하지 않으면 손목을 놓아주지 않을 것 같았다.

"아… 알았어요. 도대체 무슨 부탁이에요?"

"키히히히…. 지금 당장 황가 놈 집으로 가서 꼬마 방으로 들어가. 내가 시키는 대로 하면 들어갈 수 있을 거야."

억지였다. 아무리 생명의 은인이라고 한들 남에게 실례가 되는 행동은 하고 싶지 않았다. 하지만 거절을 하면 집에 갈 수 없을 것 같았다. 고개를 끄덕였다. 도 씨는 기괴한 웃음소리를 내며 부엌 쪽 베란다 창문을 열어 나가라고 했다. 세차게 내리는 비에 온몸이 젖었다.

벨을 누르자 황춘효가 문을 열었다. 내 몰골을 보더니 눈을 동그랗게 떴다.

"자, 작가님? 이게 어떻게 된 일입니까?"

도 씨가 시키는 대로 말했다.

"달맞이 언덕까지 산책을 갔다가 발을 헛디뎌서 아래로 떨어졌습니다. 정신을 차리고 보니 절벽 끝자락에 있더군요. 정말 힘겹게 올라왔습니다. 빽빽하게 들어선 나무들 때문에 길을 헤맸지 뭡니까? 죄송하지만 배가 고파서 그런데 식사 좀 할 수 있을까요?"

황춘효는 당황해했다.

"그, 그게… 아내가 아이를 데리고 처가에 가서요. 먹을 만한 것이 없습니다만 일단 들어오세요. 라면도 괜찮으신가요?"

"고맙습니다."

아무리 생각해도 이상했다. 도 씨는 어떻게 앞날을 예측했을까? 황춘효의 집을 수시로 도청하거나 훔쳐보기라도 하는 듯했다. 황춘효가 나를 보더니 안도의 한숨을 쉬었다.

"정말 다행입니다. 얼마나 걱정했다고요. 달맞이 언덕 어디를 가셨기에 봉변을 당하셨어요?"

"지리는 잘 모르겠습니다만 조금만 더 아래로 떨어졌으면 기차에 치여 황천길 갈 뻔했지 않습니까? 거기 정말 위험하던걸요. 관공서에 전화해서 철조망이라도 쳐야 하겠더라고요? 굴러떨어져서 운 좋게 살아도 기차에 치이겠죠. 구해달라고 소리쳐도 듣는 사람 하나 없어 힘들었습니다."

황춘효의 표정이 심하게 굳어 있었다. 그의 온몸이 미세하게 떨리는 걸 알아챌 수 있었다.

"괜찮으세요?"

"네…."

황춘효는 핏기 없는 얼굴로 라면을 끓인 냄비를 건넸다. 기이해진 분위기에 눈치를 보며 라면을 먹고 있는데, 창밖에서 고양이 한 마리가 요란한 울음소리를 냈다. 황춘효가 베란다에 나가더니 한참을 보고 있었다. 그러곤 황급히 현관문을 열고 나갔다.

그 틈에 나는 도 씨의 부탁대로 재빨리 민우의 방문을 열었다. 퀴퀴한 냄새 때문에 어지러웠다. 벽지는 누런 얼룩이 곳곳에 남아 있었고, 일부는 뜯겨 있었다. 바닥에는 오래된 화문석과 목침이 있었는데 상당히 낡아 있었다. 벽에는 사진액자들이 수두룩하게 걸려 있었다. 대다수 황춘효의 학창시절이나 가족사진들이었다. 그것들을 자세히 보는 순간, 눈을 의심했다.

왜 그녀가 있는 걸까?

사진 속에는 달맞이 언덕에서 만났던 여인이 어린 황춘효를 안고 있었다. 그녀는 황춘효의 졸업사진이나 다른 사진에

도 함께 있었다. 더욱 소름 끼쳤던 것은 그녀가 나이를 먹을 때마다 내 어깨를 물어뜯던 노파와 닮아갔다.

요물은 황춘효의 모친이었다. 도 씨가 민우 방을 보라는 이유를 깨달았다. 황춘효의 모친은 왜 요물이 된 것일까? 순간 도 씨가 말한 요물이 되는 두 가지 방법이 스쳤다. 추악한 마음이 인간의 본질을 넘어서는 경우는 아닌 것 같았다. 사진을 아무리 봐도 아들을 다정하게 안고 있는 그녀에게 악의가 보이지 않았다. 그렇다면 깊은 원한을 가진 사람이 죽기 직전에 영물에게 피를 바쳤단 말인가? 아무래도 도 씨에게 물어야만 했다.

도 씨 집으로 갔다. 현관문에는 각종 부적이 붙어 있었고 검붉은 무언가가 뒤덮고 있었다. 냄새를 맡아보니 팥죽이었다. 뭐가 어떻게 된 일인지 알 수 없었다. 벨을 누르고 문을 두드려도 도 씨는 문을 열어주지 않았다. 도 씨 집 부엌 쪽 창을 두드려도 소용없었다. 일이 어떻게 흘러가고 있는지 알 수 없었지만 무서운 일이 일어날 것만 같았다.

저 멀리서 오르막을 오르고 있는 황춘효를 발견했다. 그와 거리가 2미터쯤 좁혀졌을 때, 요물에게 홀렸다는 걸 알 수 있었다. 초점 없는 눈으로 구시렁댔기 때문이다.

예상대로였다. 50미터 떨어진 지점에 정신없이 걷고 있는 한 여자도 발견했다. 꼬리를 바짝 세워 뒤뚱거리는 모습이

영락없는 요물이었다. 위험하다는 생각에 황준효의 팔을 집고 흔들었다.

"황 과장님!"

황준효는 내 말이 들리지 않는 듯 손을 뿌리쳤다. 순간 그녀가 가로등 아래에서 걸음을 멈췄다. 나와 눈이 마주쳤는데, 입꼬리를 올렸다. 믿을 수 없었다. 그녀가 순식간에 백발의 노파로 변했다. 이대로 가다가는 황준효가 봉변을 당할 것 같았다. 설상가상으로 빗방울이 굵어졌다. 도움을 청하려고 해도 지나가는 이 하나 없었다.

노파는 달맞이 언덕으로 들어서는 입구를 건너 점점 아래로 내려갔다. 그곳에서 작은 도로를 건넜는데, 온통 숲이었다. 캄캄해서 아무것도 보이지 않았다. 아래에서는 파도치는 소리가 크게 들렸다. 더욱이 비에 젖은 흙길은 미끄러웠다. 자칫 발이라도 헛디디면 아래로 떨어질 것 같았다. 그제야 그곳이 어떤 장소인지 깨달았다. 정신이 번뜩 들었다.

"황 과장님, 이 이상 가면 안 돼요. 제발 정신 좀 차려 봐요."

뺨을 때려도 소용없었다. 혼자 중얼거리며 어둠 속으로 들어갔다. 나 역시 따라갈 수밖에 없었다. 한참을 헤매고 있는데, 갑자기 밝아졌다. 노파가 등불을 켠 채 요상하게 웃고 있었다. 그러곤 등불을 이리저리 흔들며 가파르고 미끄러운 길을 잘도 다녔다.

한편으로 이상한 생각에 괴로웠다. 황춘효는 자신의 모친에게 무슨 짓을 한 걸까? 천륜을 저버리는 짓을 한 것 같아 마음이 불편했다. 만약에 그랬다면 어떤 이유 때문일까? 꼬리에 꼬리를 물어 생각해도 도저히 이해할 수 없었다. 오히려 그편이 좋을지도 모른다고 생각했다.

노파는 가장 가파른 곳에서 멈췄다. 잠시 후 아래에서 기차 지나가는 소리가 들렸다. 만에 하나 실수로 발을 헛디딘다고 생각하니 아찔했다. 기차가 모두 지나간 뒤, 노파가 천천히 고개를 돌렸다. 황춘효도 한동안 노파를 응시했다. 그러더니 커다란 돌 하나를 주웠다.

그제야 황춘효가 집 밖을 나오면서부터 중얼거리던 말을 알아들을 수 있었다.

"왜, 아직 안 죽었어…. 왜, 아직 안 죽었어…. 왜, 아직 안 죽었어!"

갑자기 황춘효가 돌을 들고 노파에게 뛰어들었다. 순식간에 일어난 일이라 붙잡을 틈도 없었다. 돌로 노파의 머리를 여러 번 찍었다.

"죽어, 죽어, 죽어! 죽으란 말이다. 왜 안 죽고 아직도 살아있노?"

뒤늦게 말리려고 했으나 가파른 곳에서 중심 잡기도 힘들었다. 황춘효는 미친 듯 웃었다.

"흐흐흐…. 도대체 어떻게 살아난 거야? 그때 이곳에서 밀어버렸는데 무슨 수로 살아있는 거냐고."

노파가 떨어트린 등이 절벽 아래로 떨어지자 갑자기 어두워졌다. 광기 어린 황춘효의 목소리만 들릴 때, 손전등이 황춘효를 비췄다. 믿을 수 없었다. 순식간에 노파는 나무로 바뀌어 있었다. 황춘효는 나무를 돌로 찍고 있었다. 손전등의 주인은 도 씨였다.

"말려도 소용없을걸? 저놈은 체력이 다할 때까지 멈추지 않을 거야."

어느새 도 씨가 내 옆으로 얼굴을 내밀었다.

"도대체 어떻게 된 일이에요?"

"어떻게 된 일이기는 마음속에 자란 악마가 이성을 뚫고 나온 것이지. 저것이 황가 놈의 본 모습은 아니지만…. 그나저나 괭이할멈 가슴이 찢어지겠네."

도 씨가 손전등을 치켜들자 나무 위에서 노파가 피눈물을 흘리고 있었다.

"내가 뭐라고 했어. 요물이 되어 아들 앞에 나타나도 결과는 같을 거라고 하지 않았나? 무엇 하러 고양이에게 피를 내어주고 요물이 됐어! 당신이 가진 미련 때문에 죄 없는 사람들까지 다치고 이게 뭐야?"

노파는 크게 울부짖은 후 어둠 속으로 사라졌다. 이 광경을 어떻게 받아들여야 하나, 황춘효는 왜 모친을 살해한 걸까? 또한 아들에게 죽임을 당한 노파가 요물이 되면서까지 나타난 이유가 뭘까? 생각지도 못한 끔찍한 일을 마주해 당혹스러웠다.

"뭘 그렇게 보고만 있어? 여기로 와서 저길 좀 봐."

도 씨가 절벽 아래를 손전등으로 비췄다. 반쯤 백골이 드러난 노파가 눈을 뜬 채 있었다. 태어나서 처음으로 시체를 봤던 터라 비명을 지르고 말았다.

04

경찰에 신고하고 돌아오니 도 씨는 없었다. 다만 황춘효가 아직도 미친 듯이 나무를 찧고 있었다. 싸이렌이 울리고 순경들이 와도 멈추지 않았다. 가까스로 두 팔을 잡으니 그제야 넋이 나간 사람처럼 털썩 주저앉았다. 이후 집으로 돌아와 아무것도 하지 않았다. 아니, 아무것도 할 수 없었다. 패륜을 저지른 황춘효가 혐오스러웠다. 어떻게 모친을 살해하고도 뻔뻔하게 식사를 할 수 있을까? 그에게 감쪽같이 속았다고 생각했다. 도대체 무엇 때문에 그런 짓을 저지른 것일까? 문득 황춘효가 어떤 사람 같으냐며 물었던 도 씨의 말이 생각났다. 도 씨는 모두 알고 있었던 것 아닐까?

늦은 밤, 도 씨 집 벨을 누르려는데, 도 씨가 현관문에 붙은 부적과 팥죽을 치우고 있었다.

"서울내기, 무슨 일이야?"

"당신, 황춘효가 파렴치한 놈이라는 거 전부 다 알고 있었죠?"

"내가 무슨 신이냐? 그런 걸 어떻게 알아? 일단 들어오시게."

끔찍한 사건이 일어났음에도 도 씨는 여유로웠다.

"이 시점에서 의문스러운 것들이 너무 많아요. 오랫동안 생각해 본 결과 내가 이곳에 오기 시작한 시점부터 당신은 황춘효가 모친을 죽였다는 걸 알고 있었던 것 같더군요. 다만 그것을 밝힐 수 없었겠죠. 당신은 도깨비니까!"

도 씨는 딴청을 피웠다.

"글쎄올시다."

화가 났다. 도 씨에게는 진지함이라는 걸 찾아볼 수 없었다.

"나한테 나타난 이유가 뭡니까? 당신이 도깨비니까, 황춘효가 모친을 살해한 사실을 신고하기 위함인 거 아니야?"

도 씨는 음흉한 표정을 지었다.

"서울내기, 다시 한번 너에게 물어본다. 황춘효는 어떤 사람 같냐?"

"그걸 말이라고 물어요? 천벌 받을 쓰레기지."

알 수 없는 미소를 지었다.

"매일 밤 길고양이 밥을 챙겨주던 할매가 있었는데, 그 할매가 황춘효의 모친이었지. 그런데 어느 날부터 보이지 않는 거야? 매일 밥을 주던 사람이 보이지 않자 고양이들이 울면서 찾아달라고 하더군. 처음에는 죽은 줄 알았는데 황춘효 집이 꽤 시끄럽더라고. 할매는 횡설수설하지, 며느리랑 황춘효는 매일 싸우고 애는 울더라고. 할매한테 치매가 찾아온 것 같았어….”

그 말을 듣는 순간, 가슴이 내려앉았다. 나 역시 할머니가 치매를 앓다가 돌아가셨기에 그것이 가족들에게 얼마나 큰 고통을 주는지 알고 있었다. 불행 중 다행으로 아버지가 사업에 성공하면서 할머니를 요양원으로 보냈는데, 관리해주는 사람이 여럿 바뀌었다. 자주 온 가족이 함께 요양원을 갔는데, 날이 갈수록 증세가 심해졌다. 할머니는 자신의 아들들을 보자 기겁을 했고 일본 귀신들이 왔다며 발작을 하셨다.

“알고 있었으면 애초에 막았어야 할 것 아니에요? 왜 그렇게 놔두었던 겁니까?”

“죽일 거라고 생각 못 했으니까!”

도 씨가 불쾌하다는 듯 미간을 찡그렸다.

“육시럴…. 그날, 날이 너무 화창하고 맑았어. 나 같은 놈은 양기가 강한 날이 쥐약이라 집에만 있어야 해. 날씨가 흐렸더라면 막았을지도….”

“그게 무슨 말입니까? 당신, 정말 도깨비라는 겁니까?”

도 씨는 물음에 답하지 않았다.

"어느 날, 이상한 소문이 도는 거야. 달맞이 고개에서 할매 귀신을 봤다고. 그곳에 가봤더니, 정말 할매가 요물이 되어 있지 뭐야? 그래서 할매에게 물었지, 아들을 원망하냐고 말이야. 원망하지 않는다고 하더군. 이상하잖아? 복수하지도 않을 거면서 왜 요물이 되었냐고 하니, 하고 싶은 말이 있어서 차마 죽을 수가 없었다는 거야."

"도대체 무슨 말을 하고 싶었기에 그런 겁니까?"

"미안하다고…."

순간 머리가 고장 나버렸다. 그날 도 씨는 괭이할매에게 들었던 이야기를 내게 해줬다.

황춘효는 어린 시절부터 미혼모에게 자랐다. 모친은 아버지 없이 자라서 비뚤어지게 키웠단 소리를 듣기 싫어 황춘효를 엄하게 키웠다. 그러나 황춘효란 인간은 거만하고 경솔한 인간이었다. 남들에게 얕잡아 보이면 안 된다는 생각에 거짓말을 하기도 하고 돈을 훔치기도 했다. 그럴 때마다 모친은 매를 들었다.

모친의 뒷바라지에 대학은 가지 못했으나 직업학교에 들어갔고 거일물산에 취직했다. 그곳에서 지금의 아내를 만났다. 모친은 가진 돈도 없으면서 크고 좋은 집에서 살려고 하던 그녀를 탐탁지 않게 생각했지만 황춘효의 생각이 완고해서 승낙했다.

황춘효는 초량이란 동네를 탈출하고 싶어 했다. 모친을 두고 해운대로 갈 예정이었으나, 모친이 무작정 같이 살자며 따라온 것이었다. 아들을 위한다며 왔으나 황춘효 부부에게 모친은 짐이었다. 신혼생활을 즐길 수도 없었고 방도 하나 줘야 했다. 도 씨 말을 빌리자면 황춘효가 모친에 대한 적대심이 커진 계기라고 했다.

그러던 어느 날, 황춘효는 모친이 평소와 다르다는 걸 느꼈다. 어린아이처럼 황춘효에게 아버지라고 부르는 것이었다.

"아버지, 저도 식모일 안 하고 다른 애들처럼 학교에 가고 싶어요."

"지금 나한테 아버지라고 했나?"

한순간에 모친이 치매라는 사실을 깨달은 황춘효는 망연자실했다. 병수발을 들 생각을 하니 앞이 캄캄했다. 더욱이 아내가 못 견뎌 하자 황춘효는 무서운 계획을 꾸몄다. 평소 고양이에게 밥을 주는 모친을 치매로 인한 실종처럼 꾸미는 것이다. 아내에게는 친척들과 함께 요양원으로 보내기로 했다며 속였지만 눈치 빠른 그녀가 모를 리가 없다.

날씨가 화창한 날, 황춘효는 모친을 데리고 달맞이 언덕으로 갔다. 그날 스무 살 소녀가 된 듯 해운대 구경을 시켜준다니 매우 좋아했다. 차를 언덕 근처 외진 곳에 세웠다. 언덕 아래에는 숲이 울창했고 지나다니는 사람 하나 없었다.

곳곳에 핀 동백꽃을 보며 좋아하는 모친을 보니 복잡한 마음이 들었다. 그럴수록 자신에게 엄격하고 냉정하게 대했던 모친을 떠올리며, 도와준 것 하나 없으면서 사사건건 반대만 하던 날들이 떠올랐다.

"저곳으로만 내려가면 바다야."

모친은 가파른 경사를 향해 뛰어들다 미끄러졌다. 중심을 잡을 틈도 없이 아래로 굴렀다. 황춘효가 이제 모든 것이 끝났다고 생각할 때, 아래에서 모친의 목소리가 들렸다.

"살려줘요… 살려줘요…. 춘효야, 춘효야! 나 좀 도와줘…."

절벽 아래로 떨어지지 않고 힘겹게 나무줄기를 붙잡고 있었다. 황춘효는 재빨리 내려가 그녀가 잡고 있던 나무줄기를 돌로 찍었다. 그제야 아들의 본심을 알아버린 그녀는 절망하며 절벽 아래로 떨어졌다.

이곳저곳 사지가 부러지고 살갗이 찢겨나가는 와중에도 아들에게 못 해준 것만 기억났던 황춘효의 모친은 죽기 전에 미안하다고 사과하고 싶었다. 숨이 끊어지기 직전, 하염없이 직진하는 기차만 보고 있는데, 길고양이들이 주위를 맴돌고 있는 것이었다.

길고양이들은 황춘효의 모친에게 자신들에게 피를 바치면 그녀의 영혼과 하나가 되어 복수를 할 수 있다고 했다. 복수는 안중에도 없었으나 아들에게 미안하다는 말은 꼭 하고 싶었다. 더욱이 손자를 마지막으로 보고 싶었다고 했다.

그러나….

사람의 이성으로 버틸 수 있는 건 잠시였고 그녀가 앓고 있던 치매 때문에 정처 없이 떠돌며 사람들을 놀라게 한 것이었다. 결국 달맞이 언덕 공포의 존재는 그렇게 탄생된 것이었다.

이 말을 믿어야 한다는 현실이 싫었다. 나 역시 넋이 나간 상태로 지냈다. 몇 번이나 정신을 차리려고 노력했으나 괴이한 사건이 사실이라는 건 변함없었다. 더 이상 해운대에 머물고 싶지 않았다. 장 실장과 한 약속을 저버리게 되는 일이었으나 서울로 올라갈 생각이었다. 그날 밤, 아파트 근처 외진 곳에 있는 공중전화박스로 가서 학교 후배에게 전화를 걸었다. 오랜만에 하는 연락이라 왠지 조마조마했다.

"여보세요?"

"기현이냐? 나 83학번 유치영이다."

"서, 선배…. 걱정했어요. 몸은 괜찮아요? 지금 어디에요?"

"그건 지금 말할 수는 없고, 잡혔던 사람들 모두 풀려났니? 윤종이 형이랑 대엽이 형이랑 같이 잡혔던…."

녀석이 잠시 뜸을 들였다.

"선배, 그게 무슨 말씀이에요. 잡혀간 선배들 중 아무도 안 나왔어요. 지금 선배들 부모님이랑 가족들이 찾고 난리 났어요. 선배는 어떻게 나오신 거예요?"

가슴이 철렁했다. 내가 해운대로 가는 조건으로 동지들을 풀어준 것이 아니란 말인가? 당장 장 실장에게 전화를 걸었으나 받지 않았다. 괘씸한 마음이 들었다. 짐을 싸려고 집으로 가고 있는데, 저 멀리서 낯익은 사람 셋이 차에서 내리는 것이 아닌가?

내 뺨을 때렸던 경찰과 장 실장, 그리고 황춘효였다. 세 남자의 분위기는 화기애애했다. 이게 무슨 상황인가 싶어서 주차된 차에 몸을 숨기며 가까이 갔다. 장 실장이 황춘효의 어깨를 감쌌다.

"자네 모친이 실종된 줄도 모르고 어려운 일을 시켜서 미안하구만. 마음고생이 많았을 텐데. 어쨌든 모친의 시신을 찾아 다행이야. 받게, 장례는 섭섭지 않게 치르게."

황춘효가 미소를 지으며 장 실장이 주는 봉투를 받았다.

"이사님, 감사합니다. 그리고 전 수사관님 덕분이 아니었다면 그쪽에서 오해를 했을 겁니다. 감사합니다!"

내 뺨을 때린 경찰이 손을 저으며 담배에 불을 붙였다.

"우리가 남이가? 그나저나 유치영이 감시 잘 하고 있나? 주동자 새끼들이랑 연락 안 하드나?"

"어휴 말도 마십시오. 유치영이한테 전화를 권해도 안 합니다. 집에서 맨날 잠만 자고 있습니다. 조금만 기다려 보십시오. 지난번 식사할 때 이야기를 해보니, 쫓기고 있는 놈들을 부를 것 같습니다."

"그래? 느그집에서 훤희 다 보이니까 걱정 안 한다. 유치영이 지금은 집에 있나?"

"아내한테 연락해봤는데 산책 갔다고 하네요?"

그제야 무언가 잘못되었음을 깨달았다. 다리에 힘이 풀려 주저앉았다.

"에헴, 도로에서 그렇게 앉아 있으면 사고 날 텐데?"

뒤를 돌아보니, 도 씨가 조선 시대에서나 쓸 법한 감투를 벗으며 다가오고 있었다. 나는 얼이 빠진 채로 그들을 가리켰다.

"다 알아, 하하하."

"이게 말이 된다고 생각합니까?"

"안 될 게 뭐가 있어. 인간 세상에서 충분히 일어나고 있는 일인데."

"아무래도 지금 당장 서울로 떠나야겠습니다."

"어떻게? 갈 거야? 자네가 사라졌다는 걸 알면 경찰들이 쫓아 올 건데 말이야. 그러지 말고 이거 받게."

도 씨가 감투를 건넸다.

"이게 뭔가요?"

"들어는 봤지? 도깨비감투야. 자네를 무사히 서울로 데려다 줄 거야. 삼 년만 빌려주겠네. 삼 년 뒤에는 반드시 돌려줘야 해."

"이번에는 또 무슨 장난을 치려고 합니까?"

"이 양반, 맨날 속고만 살았나? 이걸 쓰고 가고 싶은 곳을 생각하면 어디로든 갈 수 있지. 히히히…."

매번 장난만 치던 양반이라 또 무슨 꿍꿍이가 있는지 알 수 없었다. 다시 감투를 돌려주려는데, 그가 내 머리에 감투를 씌웠다.

"어디로 가고 싶나?"

"서울 자취방이요?"

눈을 의심했다. 서울 서대문에서 살던 낡은 자취방으로 온 것이 아니겠는가? 믿을 수 없었다.

도 씨는 정녕 도깨비였다. 또 속은 것은 아닌지 두리번거리며 주위를 살펴보고 있는데, 어딘가에서 그의 목소리가 메아리처럼 들렸다.

"반드시 3년 뒤에 돌려주시게, 키키키키…. 또 만나게 될 거야."

학생운동을 하며 도깨비감투 덕분에 이곳저곳을 도망 다녔지만 나 역시 인간이기에 헛된 욕심을 가지는 게 무서워 서해안 이름 모를 섬 동굴에 두고 나왔다.

3년이 되는 날, 섬에 가서 도깨비감투를 쓰고 대공아파트로 갔는데 도 씨가 황급하게 내 팔을 잡아당겼다.

"옳거니 잘 왔네, 잠시 나랑 갈 곳이 있네!"

"어디요?"

"청사포에 남을 저주하는 아주 못된 무당이 있다고 해서 가보는 중이야! 이 몸은 귀한 몸이라 들어갈 수 없고…. 자네가 들어가서 어떤 놈인지 좀 봐주게!"

폐쇄구역 부산

폐쇄구역 부산

정명섭

"좀 오래되긴 했는데 부산행이라는 영화 봤어요?"

야시경으로 주변을 살펴보던 남광우는 새로 합류한 동료 오재준의 목소리에 얼굴을 찡그렸다. 혈기 왕성한 20대 초반답게 덜렁거리고 말이 많았다. 잔실수도 많은 편이라 이곳까지 올 때 몇 번이고 문제를 일으켰다. 부산 출신이라고 해놓고 정작 길을 몰라서 헤매기도 하고, 툭하면 다리가 아프다거나 무섭다고 하면서 팀워크를 흩트려버렸다. 이곳까지 오는데도 예상보다 몇 시간이 더 걸렸다. 그 탓에 퇴출 시간을 조정해야 했는데 변수가 곧 죽음인 이곳에서는 피해야 할 일 중 하나였다.

정작 당사자는 자기 때문에 무슨 일이 벌어졌는지 모르는지 태평하게 떠들어댔다. 머리가 복잡해진 남광우가 퉁명스럽게 말했다.

"안 봤어."

"천만 영화였는데 못 봤다고요? 후속편 격인 반도도 끝내 줬는데."

조용히 하라는 손짓을 한 남광우는 야시경을 켜서 목적지를 바라봤다. 그들이 체크포인트로 삼은 곳은 한때 홈플러스 해운대점이었던 건물 옥상에서 아주 가까운 곳에 있었다.

80층이 넘는 고층 아파트였던 해운대 위브 더 제니스가 보였다. 바로 옆에 해운대 아이파크가 만만치 않게 높았다. 두 건물 모두 근처인 중동의 엘시티와 더불어서 해운대의 스카이라인을 책임졌던 곳이다. 그러나 좀비가 나타나고 폐쇄된 이후에는 부산의 다른 지역과 함께 버려지면서 을씨년스럽게 변했다.

외부 유리창 상당수가 깨져서 마치 이빨이 빠진 것처럼 보였다. 군데군데 불이 나면서 그을린 흔적들도 남았다. 그래도 부유층들이라 상당수는 옥상 헬기 착륙장에서 구조를 온 헬기를 타고 떠날 수 있었다.

야시경으로 위브 더 제니스 너머 바다로 무인 감시정이 파도를 일으키며 다니는 게 보였다. 혹시나 적외선 감시 장치에 걸릴까 봐 야시경을 끄고 자세를 낮추라는 손짓을 했다. 헤드셋이 있긴 했지만 오랜 습관 때문에 손짓이 더 편했다. 그러자 동료 트레저 헌터들이 무릎을 굽혀서 자세를 낮췄다. 그 와중에 오재준은 분위기 파악을 못 하고 떠들어댔다.

"지금 돌아가는 꼬라지랑 부산행을 보면 진짜 웃겨요. 그때는 대한민국 전체가 좀비 때문에 난리가 나고 부산만 남았는데 현실은 완전 반대잖아요. 부산이 좀비 때문에 폐쇄되어 버리고 말았으니까요."

짜증이 나긴 했지만 사실이었다. 부산에서 처음 좀비가 나타난 건 십 년 전이었다. 당시에는 전 세계를 휩쓴 전쟁과 전염병, 그리고 환경오염으로 인한 기후변화가 일상이었다. 하지만 좀비가 나타난 건 다른 문제였다.

그들이 어디서부터 왔는지는 알 수 없었다. 확실한 건, 불법적으로 입국을 하던 외국인들이 같은 컨테이너에 실려 있던 동물들과 접촉한 후 이상 증상을 보인 것이 시작이었다. 컨테이너 안에서 비명소리와 함께 피가 흘러나오는 걸 발견한 항만 직원들이 문을 열어보고는 곧장 경찰에 신고했다. 잠시 후 경찰이 와서 그들을 병원으로 데리고 갔다. 대부분은 심정지 상태였지만 병원에 도착해서는 부활했다.

그들은 이성을 잃은 채 사람들을 공격하기 시작했다. 공격당해서 피를 흘린 사람들도 잠시 후 깨어나서 다른 사람들을 공격했다. 일단 물리면 눈이 회색으로 변하면서 초점이 사라지고, 온몸이 기괴하게 뒤틀렸다. 인간으로서의 모든 감정을 잃은 채 오직 타인에 대한 공격성만 남았다.

그들의 혈액이나 체액이 신체에 한 방울이라도 들어가게

되면 심정지 상태를 거쳐서 그들과 똑같이 변했다. 그런 모습을 본 사람들의 입에서는 자연스럽게 '좀비'라는 용어가 나왔고, 그것으로 정착이 되었다. 유일한 대응책은 사살, 그것도 머리를 날려버리는 것뿐이었다.

하지만 초기에는 대응책을 몰랐고, 설사 알았다고 해도 방금 전까지 사람이었던 존재를 총으로 쏘는 것에 대한 거부감이 있었다. 그래서 초반에 투입된 의료 인력과 군인들, 그리고 부산 지역 민간인들의 상당수가 희생된 이후에야 사살 명령이 떨어졌다.

계엄령이 발동되면서 좀비 전쟁이라는 명칭이 붙을 정도로 치열한 싸움이 벌어졌다. 영화나 드라마에서는 인간이 패배했지만 현실에서는 인간들이 이겼다. 천만다행으로 초기에 병원이 폐쇄되었기 때문이다. 물론 빠져나온 좀비들도 있긴 했지만 영화나 드라마처럼 삽시간에 늘어나지는 않았다.

정부에서는 발 빠르게 군대를 투입해서 부산을 봉쇄했다. 부산항에 쌓여 있던 컨테이너들이 사용되었다. 다행스럽게도 좀비들은 물을 무서워해서 바다로는 이동하지 않았다. 덕분에 낙동강 동쪽과 부산외곽고속순환도로를 따라 방벽을 쌓아서 이동 항까지 막는 데 성공했다.

물론 부산 밖에서도 좀비가 나타났지만 상대적으로 숫자가 적어서 군대를 이용해서 소탕할 수 있었다. 하지만 대도시

인 부산은 군대를 투입하기에는 너무 위험했다. 실제로 초기에 투입된 부대들은 복잡한 부산의 골목길과 빌딩숲 사이에서 실종되거나 막대한 피해를 입었다. 결국 부산은 폐쇄되었고, 사람들은 빠르게 잊어갔다.

슬쩍 눈치를 보던 오재준이 덧붙였다.

"만약 서울이 봉쇄되었으면 이 정도로 잊히지는 않았을 거예요."

"이제 좀 조용히 하지? 다리는 맨날 아프다고 하면서 그놈의 입은 쉬지도 않네."

남광우가 쏘아붙이자 오재준이 찔끔하며 눈치를 봤다. 홈플러스 옥상 주변에 흩어져 있던 다른 동료들이 어깨를 들썩거리며 키득거렸다.

정부는 새로 창설된 경비 여단들과 대규모 첨단 감시 장치를 동원해서 방벽을 봉쇄했다. 좀비가 하나라도 빠져나가면 큰 문제가 될 수 있었기 때문이다. 그래서 폐쇄구역 부산 안에는 수백 만의 좀비가 갇혀 있었다.

매년 대규모 군대를 동원해서 부산의 좀비들을 소탕하고 정상화시켜야 한다는 주장이 제기되고 있지만 누가 총을 들고 들어갈 것인지, 그리고 얼마만큼의 인명피해가 날지에 대해서 자신할 수 없는 상태라서 주저할 수밖에 없었다.

그러는 사이 남광우처럼 폐쇄구역 부산에 들어가서 물건

을 가져오는 사람들이 생겨났다. 사람들이 급하게 빠져나오느라 가져오지 못한 귀중품부터 가족과의 추억이 담긴 물건들이 대부분이었다. 간혹 주식이나 채권 같은 것도 요구했고, 아들이 쓰던 곰 인형이나 냉장고에 붙은 사진같이 터무니없는 걸 원하기도 했다.

어쨌든 폐쇄구역에 들어가는 일은 위험한 일이었다. 진입할 때는 경비여단에 뇌물을 찔러주고 들어갈 수는 있지만 안에서 무슨 일이 터져도 외부의 도움을 받을 수 없었기 때문이다. 그래서 자연스럽게 폐쇄구역 안으로 들어갔다가 나오는 일은 엄청난 보상을 얻을 수 있는 길이 되었다. 그런 그들을 사람들은 트레저 헌터라고 불렀다.

할 사람들은 많았다. 부산 사태 이후 벌어진 대규모 경기 침체로 인해 실업자가 넘쳐났기 때문이다. 그 와중에 절묘하게 북한 정권이 붕괴되면서 통일 아닌 통일이 되었고, 북쪽까지 책임져야 했기 때문에 경제난은 몇 년 동안 이어지면서 끝날 줄 몰랐다. 그 탓에 돈이 필요했던 사람들이 목숨을 걸고 폐쇄구역 부산 안으로 들어갔다. 그리고 사진 한 장, 종이 쪼가리 몇 개에 목숨을 걸었다.

단대호(單隊號)를 말할 수 없는 특수 부대에서 블랙 옵스를 뛰었던 남광우 역시 그들 중 한 명이었다. 자신과 비슷한 처지의 특수부대원들이 나와서 조직한 하이에나파의 중간 보스이자 전설적인 트레저 헌터였다.

그런 남광우에게도 이번 임무는 쉽지 않았다. 부산은 이미 여러 차례 드나들었지만 이곳은 처음이었다. 사실 오고 싶지 않았지만 책임감 때문에 어쩔 수 없었다. 이런저런 생각을 하는 사이, 무인 감시정이 바다를 가르며 멀리 사라졌다.

안전하다는 손짓을 한 남광우는 다시금 목적지인 해운대 위브 더 제니스를 바라봤다. 부산이 멀쩡했던 시절에 해운대는 부산이면서 부산이 아닌 취급을 받았다. 엄청난 고층 아파트들이 즐비하게 늘어선 부자 동네라는 이유 때문이었다.

그중 하나인 해운대 위브 더 제니스는 한창때의 위용을 잃은 채 황량한 모습이었다. 그나마 화재로 무너진 엘시티나 폐쇄된 다음 해 몰아친 태풍 때문에 형편없이 부서진 해운대 아이파크보다는 나았다.

하필이면 가야 할 곳이 세 동의 아파트 중에 가장 높은 101동의 꼭대기인 80층이었다. 그곳으로 가면서 생겨날 온갖 변수들을 생각하면서 바라보는데 오재준이 또 끼어들었다.

"근데 저긴 어떻게 올라간답니까? 엘리베이터로 올라가나요?"

"그건 입주민 카드 없으면 안 돼."

"그럼 스파이더맨처럼 기어 올라가는 건요?"

"외부에 관측될 수 있는 데다가 기술적으로 불가능해. 그리고 넌 올라갈 일 없으니까 신경 쓰지 마."

남광우가 눈을 부릅뜨고 말했다. 마지막 경고라는 뜻이지만 오재준은 눈치 없이 계속 떠들었다.

"저도 한번 들어가 보고 싶어서요. 저긴 진짜 부자들만 사는 곳이었어요. 나중에 엘시티에 좀 밀리긴 했지만요."

참다못한 남광우는 허리에 차고 있던 소음기 장착 K5 권총을 뽑아서 떠들고 있는 오재준의 머리에 겨눴다. 놀란 오재준이 두 손을 흔들면서 소리 치려는 순간, 방아쇠를 당겨버렸다. 소음기 덕분에 맥주병 뚜껑을 따는 정도의 작은 총성과 함께 오재준이 풀썩 쓰러졌다. 소음권총을 도로 집어넣은 남광우가 옆에 있던 동료 트레저 헌터인 도깨비에게 말했다.

"아래로 던져서 좀비들 배 채우게 해줘."

오직 돈을 벌기 위해 모였고, 과거를 감추고 싶어하는 사람들이 많았기 때문에 종종 이름 대신 별명을 부르곤 했다. 물론 언제 죽을지 모르는 동료에게 정을 주지 않겠다는 복잡한 심리도 한몫했다.

도깨비도 그중 한 명이었다. 하는 짓은 707이나 정보사였지만 족보를 알 수 없었고, 입도 무거운 편이었다. 국정원에 차출되어서 작전을 뛰던 속칭 내곡동 아저씨라고 추측하긴 했지만 정확한 소속은 알 수 없었다. 도깨비라는 별명은 자기와 닮은 공유라는 배우가 출연한 드라마 제목에서 따왔다고 했다. 물론 진짜 공유와는 아무것도 공유하지 않은 얼굴이었지만 땅땅한 체구와 귀신같은 총 솜씨를 본 동료들은 아무도 이의를 제기하지 않았다.

그런 도깨비의 지시를 받은 트레저 헌터들이 축 늘어진 오재준의 시신을 끌고 가서 홈플러스 아래로 던졌다. 털썩하는 소리와 함께 시신 주변으로 몰려드는 좀비들의 울부짖는 소리가 들렸다. 돌아서는 도깨비에게 남광우가 말했다.

"이제 슬슬 움직이자."

"알겠습니다, 형님. 몇 번 루트로 가실 겁니까?"

잠깐 고민한 남광우가 대답했다.

"2번 루트로 간다. 네가 선두에 서."

"알겠습니다, 형님."

도깨비가 돌아서서 트레저 헌터들에게 지시를 내렸다. 장비를 챙긴 트레저 헌터들이 빠르게 1층으로 내려갔다. 올라왔던 통로 주변으로는 피아노 줄을 걸어뒀다. 좀비가 지나가면 다리가 그대로 잘려버리기 때문에 통로 확보용으로 자주 사용했다. 소리가 나지 않아서 다른 좀비들을 끌어모으지 않아도 된다는 또 다른 장점이 있었다.

피아노 줄은 1층 유니클로 매장 근처 출입구까지 이어져 있었는데 입구 쪽에 뚱뚱한 아저씨 좀비가 두 다리가 잘린 채 버둥거리고 있었다. 앞치마를 하고 있는 걸 보면 입주한 음식점 주인이나 종업원 같았다.

인기척을 느낀 좀비가 버둥거리며 고개를 드는 걸 본 남광우는 아까 오재준을 쏜 소음권총을 꺼내 좀비의 머리통을 박살 냈다. 밖으로 나오자 주차장으로 연결된 좁은 길이 보였다. 그 너머에 해운대 위브 더 제니스가 보였다.

101동과 102동, 103동이 삼각형으로 자리를 잡았고, 가운데에는 놀이터와 공원이, 정문 쪽에는 대형 상가 건물이 있었다. 각 동의 출입문은 정문과 후문 모두 출입카드가 있어야 들어갈 수 있었고, 권총 빼고는 다 가지고 있는 경비원이 지켰다.

남광우는 그곳에서 마지막으로 고민했다. 사실, 좀비가 언제 어디서 나타날지 모르는 상황에서 좌우가 막힌 통로는 굉장히 위험했다. 거기에 날도 어두운 상태라 더더욱 위험했다. 하지만 위브 더 제니스의 101동으로 바로 갈 수 있는 큰길은 좀비들이 많았다. 거기다 총소리 같은 게 나면 시력이 약해진 대신 청력이 강해진 좀비들이 우르르 몰려왔다.

좀비 대가리를 터트리는 건 임무 수행에는 아무런 도움이 되지 않았다. 하지만 주차장 입구가 있는 좁은 길을 통과하고 4차선 도로만 지나면 바로 왼쪽에 목적지인 101동이 있었다. 위험하긴 해도 시도해볼 만한 모험이었다.

홈플러스 입구에서 잠시 멈춰서 주변을 살피던 남광우가 머리 위로 손짓을 했다. 그러자 도깨비가 대열 앞으로 가서 접이식 방패를 폈다. 그리고 대열 제일 뒤에 있던 트레저 헌터도 접이식 방패를 꺼내서 뒤로 돌아섰다. 그 뒤에 있는 트레저 헌터는 배낭에 찔러 넣었던 산탄총을 꺼내서 방패 너머를 겨눴다. 막힌 통로에서 좀비가 나타나면 방패로 막고 산탄총을 쏴서 제압해야만 했다.

홈플러스 주차장 입구를 지나는 동안 숨소리도 크게 나지 않았다. 주차장 입구를 지나자 4차선 도로가 나왔고, 그 너머에 세 개의 거대한 건물이 보였다. 너무 높아서 가까이에서는 고개를 들어도 꼭대기가 잘 보이지 않았다. 실제로 방패를 들고 앞장선 도깨비가 고개를 든 채 중얼거리는 소리가 헤드셋을 통해 들렸다.

- 더럽게 높네.
- 선두! 집중해!
- 죄송합니다, 팀장님.
- 도로를 건너서 오른쪽 101동 입구로 진입한다. 입구에서 대기해.
- 알겠습니다.

고르고 고른 팀원들은 능숙하게 움직였다. 단지 안으로 진입하자 낡은 놀이터가 보였다. 아이들이 뛰어놀고, 무전기와 전기 충격기를 갖춘 경비원이 지키고 있던 놀이터는 이제 녹슨 채 버려져 있었다. 정글짐 위쪽에는 좀비인지 사람인지 알 수 없는 시신이 걸쳐져 있었다. 비바람에 뼛조각만 겨우 붙어있는 수준이었다.

그 옆을 지나 101동 현관이었던 곳으로 들어갔다. 바로 옆에 지하 주차장 출입구가 있어서 도깨비와 다른 한 명의 트레져 헌터가 방패를 들고 막아서는 사이 나머지 인원들이 안으로 들어갔다.

출입 카드가 있어야만 들어갈 수 있었던 이중 유리문은 피난을 떠나려고 했는지 아니면 자살하려고 했는지 의도를 알 수 없는 운전자가 몰았던 것으로 보이는 SUV에 의해 크게 파손되어 있었다. 덕분에 별도의 장비 없이 들어갈 수 있었지만 비스듬하게 처박힌 녹슨 SUV는 꽤나 거슬리는 장애물이었다. 깨진 창문 안으로 내부에 좀비가 있는지 확인한 후에야 좁은 틈 사이로 들어갔다. 제일 뒤에 들어온 도깨비가 말했다.

"차를 치울까요?"

"아니, 좀비들이 밀려오는 걸 막을 수 있잖아. 부비트랩 설치해."

도깨비가 전술 배낭에서 와이어형 부비트랩을 꺼냈다. 밖에서 잘 안 보이는 자동차 바퀴 쪽에 와이어를 걸어놓고, 끝에 섬광탄을 달아 놨다. 물론 좀비에게는 효과가 없었지만 누군가 접근한다는 경고의 의미로는 쓸 만했다.

그사이, 남광우는 카운터 너머의 좁고 구불구불한 복도를 바라봤다. 해운대 위브 더 제니스는 각 동 입구가 호텔 카운터처럼 되어 있었다. 그래서 외부인원들은 그냥 들어가지 못했다. 다른 출입구도 있었지만 그곳 역시 출입 카드가 있어야만 열렸다.

카운터 뒤쪽으로 엘리베이터로 이어지는 좁은 대리석 통로가 보였다. 각 동의 1층은 카운터와 우편과 택배를 보관하는 창고, 그리고 엘리베이터들이 있는 통로가 있었다. 통로 바닥과 벽면은 대리석으로 되어 있었고, 구불구불하게 꺾어져 있어서 안쪽이 보이지 않았다.

남광우는 전술 배낭 옆에 붙여온 코너샷을 꺼냈다. K5 권총에 90도로 꺾어지는 거치대와 감시용 카메라가 부착된 것으로 몸을 내밀지 않고도 모서리 너머의 적을 찾아내고 쏠 수 있는 장치였다. 전원을 켠 남광우는 벽에 바짝 붙은 채 엘리베이터 통로를 살폈다. 저층용 엘리베이터 쪽은 깨끗했고, 그 옆으로 이어진 고층용 엘리베이터 쪽에는 바짝 말라붙은 시신이 누워있었다.

남광우는 주머니에서 탄피 하나를 꺼내서 던졌다. 어두운 복도에 탄피가 굴러가는 소리가 들렸지만 시신은 꼼짝도 하지 않았다. 좀비였다면 소리를 듣고 움직였을 것이기에 남광우는 안전하다는 손짓을 하고는 앞으로 나갔다.

평상시라면 먼지 하나 없었을 대리석 벽은 피 묻은 손자국과 먼지가 가득했다. 현관 유리창이 깨지면서 밀려들어온 낙엽 같은 것들도 보였다. 엘리베이터가 있는 복도를 지나 쭉 걸어간 남광우는 우편물과 택배를 보관하는 창고 앞에 멈췄다.

오른쪽 복도를 바라봤다. 복도 끝에는 은색 철문이 닫혀 있었다. 그쪽으로 다가간 남광우가 문을 슬쩍 건드려봤다. 그러고는 옆으로 물러나서 도깨비에게 손짓했다.

"브리칭!"

빠르게 다가온 도깨비가 전술 배낭에서 핼리건 바를 꺼냈다. 소방관들이 주로 닫힌 문을 쓸 때 사용하는 도구였는데 단단한 쇠문을 열 때 사용했다. 핼리건 바의 삽날처럼 생긴 뾰족한 부분을 문틈에 박은 도깨비가 힘을 주면서 몸을 기울였다. 그러자 '텅' 하는 소리와 함께 문이 열렸다. 도깨비가 옆으로 물러나자 남광우가 손으로 문을 밀면서 택티컬 라이트를 켰다.

마치 물속에 있는 것처럼 뿌연 어둠이 보였다. 광량을 최대한 높인 남광우가 재빨리 주변을 살펴봤다. 내부는 텅 비어 있어서 금방 확인할 수 있었다. 외벽 쪽은 유리였지만 밤중이었던 탓에 아무것도 보이지 않았다.

꼼꼼하게 확인한 남광우가 문을 닫으라는 손짓을 했다. 그러자 도깨비와 다른 팀원이 재빨리 문을 닫고는 가지고 온 접이식 쇠파이프에 강력 접착제를 붙여서 문에 붙였다. 안에서 떼어내기 전까지는 적어도 좀비는 들어올 수 없었다. 긴장을 푼 남광우는 야시경을 벗으면서 무전기에 대고 말했다.

"휴식을 취한다. 십 분 후에 이동한다."

그러자 팀원들이 여기저기 흩어져서 벽에 기댄 채 주저앉았다. 내부에는 다른 구조물은 없고 오직 위로 올라가는 금속 사다리만 있을 뿐이었다. 사람 몸통만 한 기둥 두 개가 창가 쪽에 있는 게 전부였다. 대신 공간은 제법 커서 여유가 많았다. 구석구석을 택티컬 라이트로 비춰보던 도깨비가 물었다.

"여긴 뭡니까?"

"화재 대피용 비상 공간."

"그럼 위층이랑 연결되는 겁니까?"

도깨비의 물음에 남광우는 고개를 끄덕거렸다.

"맞아. 꼭대기 층까지 그런 식으로 연결돼 있어."

"불이 났을 때 여기를 통해서 아래로 탈출하는 방식이군요."

"맞아. 엘리베이터로는 내려올 수 없고, 계단이 화재로 막히게 되면 여길 이용하는 거지. 각 층마다 비상문으로 들어올 수 있는 대피 공간이 있고, 거기에서 아래로 내려갈 수 있는 사다리가 있지."

"그런 식으로 80층부터 1층까지 내려와야 합니까?"

"다 연결되어 있긴 하지만 그렇게까지는 생각하지 않았어. 65층에 불이 나면 64층까지 내려오는 식으로 생각한 거지."

어깨를 으쓱거리며 대답한 남광우에게 도깨비가 말했다.

"우린 반대로 80층까지 올라가야 하는군요."

"그래도 1층을 막아놨으니까 올라가는 동안은 별일 없을 거야."

사다리를 올려다보는 도깨비의 표정이 어두웠다.

"시간이 좀 오래 걸리겠지만요."

"필요한 장비만 가지고 간다. 올라가는 데 이틀, 내려오는 데 하루 정도 걸릴 거야."

대답 대신 고개를 끄덕거린 도깨비가 물었다.

"소문이 사실입니까?"

"무슨 소문?"

"우리가 80층으로 올라가는 이유 말입니다."

도깨비의 물음에 남광우는 쓴웃음을 지었다.

"트레저 헌터는 물건을 찾을 뿐이지 이유는 알면 안 돼."

업계의 불문율이기도 했다. 찾아와야 하는 물건이 의뢰인이나 가족의 추억이 담긴 정도라면 사례금과 함께 고맙다는 말을 듣고 끝났다. 하지만 복잡한 사연이 있는 물건일 경우 가져온 사람도 위험한 상황에 휘말릴 수밖에 없었다. 그래서 트레저 헌터들은 가져온 물건이 무엇이고, 어떤 곳에 사용될지에 대해서 관심을 기울이지 않았다. 아는 게 적어야 오래 산다는 이 바닥의 불문율이 생긴 이유이기도 했다.

도깨비가 알겠다는 듯 고개를 끄덕거렸다. 그리고 시계를 보더니 출발할 때가 되었다고 말했다. 남광우는 팀원들에게 모이라는 손짓을 했다. 그를 중심으로 도깨비를 포함한 일곱 명의 팀원들이 둥글게 자리를 잡았다.

"이번에 가져올 물건은 80층 꼭대기에 있다. 여긴 김수연과 김진향이 짐을 가지고 기다린다. 나머지는 최대한 가볍게 하고 출발한다."

지시를 받은 팀원들이 전술 배낭에서 필요 없는 것들을 빼냈다. 남광우 역시 전술 배낭을 내려놓고 이틀치 전투식량과 물, 권총과 코너샷, 그리고 탄창 몇 개와 위성 전화기를 챙기고 소총에 내려놨다.

한결 가벼워진 전술 배낭을 메고 사다리가 있는 곳으로 갔다. 살짝 긴장한 그는 심호흡을 하고는 사다리 위로 올라갔다. 사각형 뚜껑을 어깨로 밀었다. 살짝 열린 뚜껑 사이로 코너샷을 내밀었다. 한 바퀴 슬쩍 돌려서 아무도 없는 것을 확인한 다음 뚜껑을 마저 열고 올라갔다.

1층으로 올라간 그가 손짓을 하자 나머지 팀원들이 올라오기 시작했다. 제일 마지막에 올라온 도깨비가 히죽 웃으며 말했다.

"이제 79층 남았군요."

피식 웃은 남광우가 코너샷을 들고 사다리를 타고 위층으로 올라갔다. 뚜껑을 살짝 열고 코너샷을 이용해서 살펴봤다. 아무도 없는 걸 확인한 다음에 다시 올라갔다.

끝없는 긴장감과 후덥지근한 공기 덕분에 강철 체력을 자랑하는 남광우도 금방 지쳐버리고 말았다. 다섯 층 정도를 올라간 후 그의 숨소리가 너무 거칠어지는 걸 들은 도깨비가 말했다.

"형님, 제가 앞장서겠습니다."

"괜찮아."

자존심이 상한 남광우의 대답에 도깨비가 웃으며 대답했다.

"자존심 앞세우다가 저승 먼저 간다고 형님이 말씀하셨습니다."

사실 트레저 헌터들로 구성된 팀을 이끄는 팀장은 늘 긴장해야만 했다. 폐쇄구역 안에서 물건을 가지고 나오면 더 많은 배당금을 받는다. 그래서 팀장은 늘 다른 트레저 헌터보다 뛰어난 체력과 판단력을 가지고 있어야 했다. 안 그러면 팀원들의 불평과 불만을 감당할 수 없기 때문이다.

남광우 역시 항상 그런 강박관념에 시달렸다. 하지만 도깨비 말대로 폐쇄구역 안에서 방심이나 자만은 죽음을 불러왔다. 좀비는 예상하지 못한 장소에 존재했고, 그걸 보고 당황해서 방아쇠를 당기면 항상 빗나가기 때문이다.

남광우는 도깨비에게 선두에 서라는 손짓을 하면서 코너샷을 건넸다. 사다리를 밟고 올라간 도깨비가 다리로 버티면서 한 손으로 뚜껑을 열고, 다른 한 손으로 코너샷을 움직였다. 꼼꼼하게 살펴본 후 괜찮다는 손짓을 하고는 위로 올라갔다.

자연스럽게 제일 후미를 맡은 남광우는 팀원들의 뒤를 따라 위로 올라갔다. 뚜껑을 닫자 바로 위층을 살펴보는 도깨비의 모습이 보였다.

도깨비는 열 개 층을 그런 식으로 올라갔다. 그러고는 지칠 대로 지친 표정으로 숨을 헐떡거렸다. 이곳에 오기 위해 어제 낮부터 쉬지 않고 움직였다는 사실을 떠올린 남광우는 다른 팀원들의 상태를 확인한 후에 얘기했다.

"여기서 쉬었다가 올라간다. 식사하고 눈 좀 붙여."

그 말이 떨어지자마자 다들 흩어져서 바닥에 눕거나 벽에 기댔다. 가지고 온 전술 배낭을 내려놓고 전투식량을 꺼내서 배를 채웠다. 그 와중에 도깨비는 출입문을 확인하고, 아래쪽과 위쪽 뚜껑에 전술 배낭을 올려놨다. 그런 후 남광우 옆으로 와서 벽을 기대고 앉았다. 그가 주변을 살펴보다가 슬쩍 말했다.

"소문이 사실입니까?"

"어떤 소문을 들었는데?"

남광우의 물음에 도깨비가 천정을 올려다봤다.

"80층에서 찾는 게 미국과 연관이 있다는 거요."

"대통령 말이야?"

도깨비는 대답 대신 고개를 끄덕거렸다. 그런 도깨비를 바라본 남광우가 물었다.

"팀원들도 그렇게 생각해?"

"비슷합니다. 이번에 새로 미국 대통령이 될 사람에게 바칠 뭔가를 찾는다고 하더라고요."

"빌어먹을."

남광우는 짧게 중얼거리고 여기저기 흩어져 있는 팀원들을 바라봤다. 사건의 시작은 한 달 전 미국 대통령 로버트 오브라이언의 갑작스러운 죽음이었다. 70대 중반이었지만 비교적 건강하던 대통령은 갑자기 백악관에서 사망했다. 공식적으로는 심근경색이었지만 젊은 여성 비서관과 관계하던 중 복상사를 했다는 설부터 작년의 대통령 선거 때 받은 스트레스 때문이라는 다양한 의견들이 나왔다. 어쨌든 재임기간을 1년도 채우지 못한 채 사망한 대통령의 후임이 바로 마이클 엘리엇이었다.

기업인 출신의 그는 갑작스럽게 정계에 등장해서 부통령으로 지명되었다. 로버트 오브라이언의 당선 가능성이 높지 않았기 때문에 기존 정치인들이 모두 사양했었고, 경기 침체

여파로 인해 기업인 출신의 정치 신인인 마이클 엘리엇이 부통령으로 낙점된 것이다.

그가 대통령의 자리에 오른 직후, 타이밍 좋게 자서전이 출간되었다. 책에는 한국에서의 생활이 꽤 큰 비중을 차지했는데 특히 좀비가 나타나서 부산이 폐쇄되는 과정을 상세하게 적었다. 그는 부산 쪽의 항만회사 대표로 오랫동안 일했고, 부인도 한국 여성이었다. 거기다 부산에 좀비가 나타났을 때 해운대 위브 더 제니스에서 지내고 있었다. 결국 옥상의 헬기 착륙장에 내린 헬기를 타고 탈출해서 미국으로 돌아갔다. 귀국한 후에 기업가로 활동하다 정계에 진출했는데 몇 년 만에 신데렐라처럼 대통령이 되어버린 것이다. 한국 정부에서는 마이클 엘리엇 대통령을 통해 미국의 자금 지원을 받을 수 있다는 희망들이 흘러나왔다. 방벽 안에 있는 좀비들을 모두 소탕하기 위해서는 막대한 자금이 필요한데 경기 침체에 허덕이는 한국 정부는 유엔을 통한 자금 지원을 받아야만 했고, 당연히 상임이사국인 미국의 지지가 절대적이었다.

때마침 한국에 대해서 잘 알고, 좀비 사태를 겪었던 마이클 엘리엇이 대통령이 되었으니 좋은 기회가 온 것이다. 그러면서 자서전에 나와 있는 한 구절이 눈길을 끌었다. 급하게 탈출하느라고 평생 모아왔던 골동품들을 놓고 왔다는 것이다. 그와 가족들이 살던 101동 80층은 좀비가 올라갈 수 있는 거리는 아니었다. 설사 올라왔다고 해도, 그 문을 뚫고 들어가지는 못했을 것이다. 그러니까 미국 대통령이 자서전에서 그리워한다고 밝힌 것들이 고스란히 남아있을 가능성이 높았다. 그것이 남광우와 트레저 헌터들이 80층까지 올라가야만 하는 이유이기도 했다. 도깨비의 얘기를 들은 남광우는 얼굴을 찡그렸다.

"가져와야 할 물건에 대해서 관심을 가지지 않는 건 이 바닥 철칙이야."

남광우의 경고성 얘기에도 도깨비는 여전히 관심을 버리지 않았다.

"이걸 의뢰한 쪽과 줄을 댈 수 있다면 엄청 이익 아닙니까?"

"누구한테 이익인데?"

도깨비는 남광우의 날 선 물음에 제대로 대답하지 못했다. 남광우는 한숨을 쉬며 덧붙였다.

"나도 큰 형님에게 지시를 받았고, 그 윗선이 누군지는 몰라. 오래 살고 싶으면 관심 끄라고."

"죄송합니다, 형님."

"괜찮아."

그리고 거의 동시에 둘은 허벅지에 차고 있던 권총을 뽑아 들었다. 다른 손으로 권총을 쥔 서로의 손을 잡았다. 그걸 신호 삼아 팀원들이 권총을 빼서 다른 팀원을 겨눴다.

혼란스러운 와중에 남광우는 도깨비의 허벅지를 걷어찼다. 뒤로 돌아가 상대의 목을 조르면서 턱에 권총을 겨눴다. 그사이 도깨비를 따르는 세 명의 팀원이 한 명을 쓰러뜨리고 싸우고 있는 두 사람을 향해 권총을 겨눴다.

남광우는 벽을 등진 채 뒤로 물러났다. 다가오던 세 명은 양쪽으로 넓게 갈라졌다. 빈틈을 노리고 한쪽을 사격할 때 다른 한쪽이 반격을 준비하기 위해서였다. 양쪽을 번갈아 바라보던 남광우가 소리쳤다.

"가까이 오지 마, 이 배신자 새끼들아!"

"소용없습니다, 형님. 이제 포기하세요."

도깨비의 말에 남광우가 코웃음을 쳤다.

"너야말로 포기해! 내가 딴 건 몰라도 네놈은 꼭 죽이고 말 거니까!"

남광우가 거친 목소리로 말하자 도깨비가 대답했다.

"이제 큰 형님 시대는 저물어가고 있어요. 저와 늑대파로 갈아타시죠."

"마음에도 없는 소리 하지 마. 내가 가면 넌 또 내 밑에서 일해야 하는데 퍽이나 그러겠다."

소리를 지르며 틈을 노리던 남광우는 도깨비의 전술 조끼에 달려 있던 연막탄의 고리를 뺐다. 노란색 연기가 순식간에 공간을 가득 채웠다. 그러자 다가오던 팀원들은 재빨리 기둥 뒤에 숨거나 몸을 낮췄다. 그사이에 남광우는 도깨비를 끌고 사다리가 있는 곳으로 갔다. 전술 배낭을 들고 가고 싶었지만 그럴 여유가 없었다.

사다리 앞까지 도깨비를 끌고 간 남광우는 권총 손잡이로 놈의 머리를 내리쳤다. 쓰러진 도깨비의 뒤통수에 대고 방아쇠를 당기려는 찰나 총알들이 날아왔다. 소리를 듣고 무작정 총을 쏜 것이다.

"이크!"

황급히 몸을 움츠린 남광우는 서둘러 사다리를 밟고 위로 올라갔다. 위층 뚜껑을 열고 그 사이로 황급히 몸을 날렸다. 올라오자마자 뚜껑을 닫고 옆으로 몸을 굴렸다. 아래에서 발사된 총알들이 뚜껑을 뚫었다.

남광우는 서둘러 다음 층으로 올라가는 사다리 쪽으로 뛰었다. 그렇게 다음 층으로 올라가는데 아래층 뚜껑이 열리는 게 보였다. 남광우는 한 손으로 권총을 겨누고 방아쇠를 당겼다. 날카로운 총성과 함께 뚜껑 주변에 불꽃이 튀었다. 열리던 뚜껑이 황급히 닫히는 걸 본 남광우는 계단을 마저 올라갔다.

그렇게 정신없이 몇 개 층을 올라간 남광우는 사다리를 잡은 채 숨을 헐떡거렸다. 얼마나 따라오는지 알 수 없는 데다가 뚜껑을 막을 만한 수단이나 숨을 만한 곳이 없었기 때문이다. 그냥 비상 대피 구역 밖으로 나가면 됐지만 그럼 다시 들어갈 수 없는 데다가 계단으로 가면 사다리로 올라가는 것보다 느릴 수밖에 없었다. 거기다 좀비가 있을 가능성까지 생각하면 죽으나 사나 이곳에서 올라가야만 했다.

이틀 정도 시간을 두고 천천히 올라가려던 상황이 순식간에 뒤집힌 것이다. 문제는 가지고 있는 장비가 별로 없다는 것이다. 재빨리 K5 권총의 탄창을 뽑아서 남은 탄환을 셌다.

"12발 중 4발을 썼군."

한 발은 홈플러스 옥상에 떠벌이 오재준을 쏘느라 썼고, 세 발은 아까 올라오려던 놈들에게 쐈다. 권총 홀스터에 12발짜리 예비 탄창이 하나 붙어 있었다. 그러니까 남은 탄환은 20발이었다. 그 외에 허리에 찬 소형 택티컬 라이트와 연막탄 하나가 전부였다. 남은 장비들은 모두 전술 배낭 안에 있었는데 특히 위성 전화기를 두고 온 게 뼈아팠다.

"큰 형님에게 알려드리지 못하겠군."

도깨비가 의심스럽기는 했지만 설마 총까지 겨누리라고는 생각지도 못한 남광우는 얼굴을 찌푸렸다. 최근 젊은 특수 부대 전역자들을 중심으로 만들어진 늑대파는 급성장하는 중이었다. 후발주자답게 장비가 더 좋았고, 더 많은 포상금과 분배금을 주었기 때문이다. 그래서 조직의 젊은 트레저 헌터들이 많이 넘어가는 편이었다.

하지만 기존 조직들의 견제와 텃세에 시달리면서 최근에는 주춤한 상태였다. 실력만큼이나 중요한 게 인맥과 정보인데 새로운 조직이고 경험이 없다 보니 그 부분에서 많이 부족한 것이다.

"그래서 이런 무리수를 둔 거군."

미국 대통령에게 줄 물건을 손에 넣는다면 늑대파는 절대적인 인맥과 정보를 손에 넣을 수 있었다. 그래서 배신자를 이용해서 서로 총질하게 만든 것이다.

기존 조직들은 폐쇄구역 내부에서는 서로 마주치지 않는 게 철칙이었다. 좀비와 싸우기도 버거운데 트레저 헌터끼리 총질을 하다니, 피하려고 한 것이다. 폐쇄구역 내부에서 싸우다 보면 외부로 알려지게 마련인데 언론이나 공권력의 눈에 띄면 좋을 게 없었기 때문이다.

그런 규칙을 깨는 걸 넘어서서 배신자를 이용해 이런 식으로 총질하는 건 늑대파가 얼마나 이번 일을 탐내는지 알 수 있었다.

"큰일 났네."

다른 조직이 이번 일을 알 경우에는 서로 손잡고 늑대파를 공격할 가능성이 높았다. 그걸 막기 위해서라도 배신하지 않은 남은 조직원들을 처리하려고 들게 뻔했다.

"일단 네 명에, 아래층에 있는 김수연과 김진향도 배신자일지 모르잖아."

결국 혼자만 남은 셈이었다. 좀비들이 득실거리는 폐쇄구역 안에서 내부 배신자들에게 쫓기는 상황에 처한 것이다.

이런저런 생각을 하는데 아래층에서 인기척이 느껴졌다. 놀란 남광우는 얼른 사다리를 타고 올라갔다. 그새 쫓아왔다는 생각에 아랫입술을 지그시 깨물었다.

서둘러 위층으로 올라간 남광우는 살짝 고개를 내밀고 권총을 겨눴다. 뚜껑을 열고 올라오는 순간을 노린 것이다. 하지만 뚜껑은 살짝만 열렸고, 거기로 코너샷의 총구가 슬쩍 나왔다.

"젠장."

남광우는 코너샷에서 발사된 총알을 피해 몸을 옆으로 굴렸다. 뚜껑에 맞은 총알이 요란한 불꽃을 만들어냈다. 남광우는 허겁지겁 사다리를 타고 위층으로 올라갔다. 결국 살아남으려면 올라가야만 했다. 연막탄을 이용해볼까 했지만 눈치빠른 도깨비라면 오히려 속지 않을 것 같았다. 비상 대피 공간 자체는 숨을 만한 곳이 없어서 매복하기 쉽지 않았다. 권총밖에 없어서 많아야 한두 명을 제거하는 게 전부인 데다가 탄환이 얼마 남았는지는 도깨비도 알고 있기 때문이다.

"계속 올라가는 수밖에는 없겠어."

결국 남광우는 다른 생각을 하지 않고 계속 올라가기로

했다. 뚜껑을 열고 사다리를 타고 올라간 다음에 다시 뚜껑을 열고 올라가면서 중간중간 전술 라이트로 층수를 확인했다. 새벽이 되면서 차츰 창가로 빛이 들어오기 시작했다.

48층에 도착하니 몸이 지칠 대로 지쳤다. 기다시피 올라온 남광우는 습관적으로 주변을 살펴봤다. 그러다가 낯선 걸하나 발견했다. 입구 쪽에 캐비닛 같은 게 보였다. 냉큼 달려간 남광우는 그걸 질질 끌고 뚜껑이 있는 곳으로 왔다. 속이 비어 있긴 했지만 뚜껑을 여는 걸 막기에는 충분했다. 뚜껑 위에 캐비닛을 눕혀놓은 남광우는 한시름 돌렸다. 코너샷으로 살펴보지 못하면 올라오기 쉽지 않을 것이기 때문이다.

이곳에서 결판을 낼까 고민하던 남광우는 다시 위층으로 올라갔다. 뚜껑을 열고 아래쪽을 내려다봤다. 20분쯤 후에 뚜껑 위에 캐비닛이 들썩거리는 게 보였다. 잘 열리던 뚜껑이 열리지 않자 당황했는지 쿵쿵거리는 주먹질 소리가 들렸다. 남광우는 K5 권총의 소음기를 분리하고 아래쪽을 겨눴다.

잠시 후 힘을 주는지 캐비닛이 조금씩 밀렸다. 코너샷의 총구가 보였다. 하지만 위쪽에 여유가 없어서 사다리 위쪽까지는 살펴보지 못하는 것 같았다. 코너샷 총구가 창가 기둥으로 향한 가운데 캐비닛이 조금씩 옆으로 밀렸다. 그걸 본 남광우는 조심스럽게 뚜껑을 닫았다. 조심성 많은 도깨비라면 코너샷으로 살펴볼 게 뻔했기 때문이다. 잠시 후, 뚜껑 아래 사다리를 잡는 소리가 들렸다.

심호흡을 한 남광우는 속으로 셋을 센 다음에 뚜껑에 대고 K5 권총의 방아쇠를 연거푸 세 번 당겼다. 요란한 총성과 함께 뚜껑에 구멍이 났고, 아래쪽에서 비명소리와 함께 떨어지는 소리가 들렸다. 바로 몸을 돌린 남광우는 사다리 쪽으로 뛰어갔다.

아래층에서 쏜 총알이 뚜껑을 뚫고 나오는 게 보였다. 적어도 한 명을 죽이거나 다치게 했으니까 시간을 좀 벌 수 있다는 생각에 한숨을 돌린 남광우는 사다리를 밟고 위로 올라갔다. 이후에는 좀 여유가 좀 생겼다. 힘이 들기는 했지만 긴장감이 줄어든 상태라서 마음이 한결 가벼워졌다.

정신없이 위로 올라가는데 헤드셋으로 도깨비의 목소리가 들렸다.

- 형님.

- 난 너 같은 동생 둔 적 없어.

- 그러지 말고 저와 손잡으시죠.

- 다른 손으로 내 머리를 날리고도 남을 놈이랑은 손 안잡아.

- 먼저 올라가신다고 해도 내려올 방법이 없으시잖아요.

- 그건 내가 알아서 할 테니까 신경 꺼. 너희야말로 빨리

튀어야 하는 거 아니야? 트레저 헌터들끼리 총질을 해? 의리 도 없는 새끼 같으니.

- 의리가 밥을 먹여주는 건 아니잖아요. 일은 우리가 다 하고, 돈은 위에서 다 가져가는 게 지겨워서 그랬습니다.

- 새끼들이 트레저 헌터니 뭐니 하면서 빨아주니까 눈에 보이는 게 없지? 정보 얻는 거랑 위쪽에 줄을 대는 게 얼마나 힘든지 알아?

- 그래서 이번 물건을 손에 넣으려고 한 겁니다. 좀 도와 주십시오. 제가 잘 모시겠습니다.

헤드셋으로 들리는 도깨비의 목소리에 귀를 기울이던 남 광우는 코웃음을 쳤다.

- 아까 내 머리를 날려버리려고 한 놈이 뭐가 어쩌고 어째?

- 죽일 생각은 없었습니다. 그냥 항복만 받으려고 했죠.

- 이제 네 말은 안 믿기로 했어. 아까 내 총에 맞은 건 누구 였냐? 넌 줄 알았는데 눈치 빠르게 딴 놈을 방패로 내세웠네.

- 정식이었습니다. 형님이 참 좋아하셨는데.

- 배신자 새끼는 안 좋아해. 같이 있는 놈들 잘 들어. 한 번 배신한 놈은 두 번 배신한다. 물건을 챙겨가는 데 여러 명 필요 없어. 걸리적거리면 버리거나 뒤통수에 총알 박을 놈이 니까 알아서 생각해.

- 그런 식으로 넘어갈 친구들 아닙니다, 형님.

- 웃기는 소리 하지 마. 어차피 돈이 목적이잖아. 머릿수가 줄어들면 당연히 받을 돈도 늘어나겠지. 안 그래?

설득에 실패했다고 생각했는지 더 이상 도깨비의 목소리가 들리지 않았다.

대화를 끝낸 남광우는 몇 가지를 추측했다. 헤드셋과 연결된 무전기는 민수용을 개량한 것이라 지금처럼 벽으로 막혀 있는 공간에서는 그다지 멀리 가지 않았다. 그러니까 가까운 거리에 있다는 뜻이고, 적어도 한 명은 죽거나 다쳤으니까 쫓아오는 건 도깨비 포함 세 명이었다. 그리고 제일 아래층에 있는 두 명은 모두 도깨비에게 넘어갔거나 넘어간 한 명이 다른 한 명을 제압했을 것 같았다. 희박하지만 그들도 무전을 들을 수 있기 때문이다.

대략 돌아가는 상황을 파악한 남광우는 천천히 숨을 고르면서 몸을 움직였다. 그렇게 사다리를 밟고 뚜껑을 열고 올라간 다음에 다시 사다리로 올라갔다. 그러는 와중에 아침이 밝아왔다. 55층까지 올라간 남광우는 더 이상 올라갈 수 없어서 바닥에 누운 채 숨을 헐떡거렸다. 팔다리가 찢어질 것처럼 당긴 상태라서 조금이라도 쉬어야만 했다. 숨을 헐떡거리는 소리를 들었는지 도깨비가 다시 말을 걸었다.

- 형님, 지치셨습니까?

- 그럼, 나이가 있는데.

- 포기하시고 항복하십시오.

- 바로 뒤통수에 총알 먹이려는 거 다 알아.

- 제가 잘 모시겠습니다.

- 그럼 먼저 돈을 제시하든가 자리를 제안했어야지. 총질까지 한 다음에 잘 모시겠다고 하면 퍽이나 믿겠다.

그 와중에 헉헉대는 숨소리가 들렸다. 상대도 지친 게 분명했다. 그나마 쫓기는 남광우와는 달리 부비트랩이나 매복을 염려해야 해서 조심해야 했기 때문에 더 지쳐 있을 게 분명했다.

- 형님, 꼭대기 층에 올라가셔도 내려오려면 우리와 마주쳐야 합니다.

- 내가 어디로 내려갈지 자신할 수 있어?

- 제가 계단 중간에 부비트랩을 설치해놨습니다. 발목 날아갈 수 있어요.

- 흥, 솜씨도 어설픈 주제에.

말은 그렇게 했지만 조심스럽기는 했다. 도깨비가 부비트랩을 설치하는 솜씨는 남광우도 한 수 접을 정도로 뛰어났기 때문이다. 잠깐 생각을 한 남광우가 대답했다.

- 옥상에서 헬기로 퇴출할 거야. 넌 여기서 좀비들이랑 잘 지내.
- 폐쇄구역 안으로 헬기가 어떻게 옵니까?
- 내기할래? 옥상에서 연막탄 터트리면 대기하고 있던 헬기가 오기로 했어. 물론 내가 아니라 내가 챙길 물건 때문이긴 하지만 말이야.
- 제가 지켜보고만 있겠습니까?
- 올라오는 문이 하나밖에 없어서 말이야. 아직 총알 많이 남아 있다. 대가리 깨지고 싶지 않으면 조심하는 게 좋을 거야.
- 자꾸 이러면 저도 형님 대접 안 해드립니다.
- 염병하네. 좀비도 형님 뒤통수는 안 친다.
- 걔들한테 그딴 게 있겠습니까?
- 너도 없잖아. 이 에미 뒈진 놈아.

무전기가 잠깐 막히고 그 너머에서 소리를 지르는 게 느껴졌다. 분에 못 이긴 도깨비가 헤드셋을 손으로 잡고 소리를 지르는 게 분명했다. 씩 웃은 남광우는 몸을 일으켜 다시 사다리를 탔다. 큰소리를 치긴 했지만 헬기 같은 건 오지 않았다. 도깨비 말대로 내려가는 것도 문제였다.

'결국 꼭대기 층에서 승부를 봐야겠군.'

마음을 단단히 먹은 남광우는 계속 사다리로 위쪽으로 올라갔다. 창가 햇빛이 점점 강해지면서 바깥 풍경이 보였다. 멀리 파도가 치는 바닷가와 그 주변의 빌딩들이 눈에 들어왔다. 한때는 관광객들로 넘쳐나던 해안은 이제 몸과 마음이 모두 썩어버린 좀비들이 서성거릴 뿐이었다.

낮이 되면서 더 뜨거워졌다. 유리를 통해 빛과 열이 들어오는 데다가 내부가 거의 밀폐된 상태라서 숨쉬기가 어려울 정도로 공기가 달궈졌다. 그래도 조금이라도 늦었다가는 코너 샷에 당할 수 있기 때문에 이를 악물고 올라갔다.

70층에 도달할 무렵에는 정말 지쳐서 사다리를 잡은 손이 미끄러질 지경이었다. 하지만 멈출 수는 없었다. 오히려 몇 층 안 남았다는 생각에 처절하게 버텼다. 헤드셋에서는 서두르라는 다그침과 헉헉대는 숨소리가 멈추지 않고 들렸다.

79층에 도착한 남광우는 사다리를 잡은 채 숨을 헐떡거렸다. 이제 1층만 더 올라가면 목표한 곳에 도달하게 된다. 물론 거기서 필요한 걸 챙겨서 퇴출하려면 쫓아오는 놈들을 어떻든 처리해야만 했다. 하지만 상대방은 도깨비를 포함해서 세 명인데다가 실력도 뛰어났다. 위험한 임무라서 가장 솜씨 좋은 친구들을 뽑았던 것이다. 그러니까 어설프게 반격했다가는 오히려 당할 확률이 높았다.

어떻게 막을까 생각하면서 한 층을 더 올라갔다. 더 이상 사다리는 없었다. 몇 시간 만에 이틀 동안 올라가기로 한 80층을 사다리를 타고 올라온 것이다. 남광우는 비틀거리며 출입문으로 향했다. 문은 안에서는 잠겨 있지 않기 때문에 수월하게 열렸다.

문을 열자 바로 옆에 쓰레기를 아래로 떨어뜨리는 투입구가 보였다. 음식물 쓰레기와 일반 쓰레기를 버리는 투입구 두 개가 나란히 있었다. 밖으로 나오자 대리석으로 된 복도에 엘리베이터들이 보였다.

가야 할 804호는 복도 끝에 있었다. 약간 구부러져서 입구가 보이지는 않았다. 혹시 몰라서 주변을 살펴보는데 쓰레기 투입구 옆 종이박스에 먼지를 뒤집어쓴 전구 몇 개와 긴 빗자루가 보였다.

복도를 조심스럽게 걸어간 남광우는 804호에 도착했다. 엄청 튼튼해 보이는 문 옆 전자도어락에 비밀번호를 눌러서 열었다. 안 쓴지 몇 년 지났지만 다행히 잘 작동되었다.

문을 열고 안으로 들어간 남광우는 눅눅한 공기에 잠깐 코를 막았다. 90평이 넘는 804호 내부는 꽤 복잡했다. 위에서 보면 꽃잎 모양으로 되어 있기 때문에 내부 구조가 영향을 받을 수밖에 없었다. 대리석으로 된 현관 옆에는 나무 문짝을 가진 거대한 수납장이 있었다. 긴 복도는 거실로 이어졌는데 좌우에 방과 화장실들로 들어가는 문이 보였다. 거실은 바깥 통유리를 통해 해운대와 바다를 볼 수 있었고, 안방과 부엌이 각각 좌우에 자리 잡았다.

내부 구조를 머리에 떠올린 남광우는 현관문을 닫고 옆에 있는 의자를 가져다가 문을 막았다. 그다음에 안으로 들어갔다. 어두컴컴한 복도를 지나자 넓은 거실이 보였다. 안에는 먼지가 잔뜩 쌓인 가구들과 골동품들이 보였다. 주인이었던 마이클 엘리엇의 취향이 고스란히 남아 있었는데 전 세계를 다니면서 모은 것들로 가득했다. 중국풍 가구 위에는 오래된 토기 인형들이 놓여 있었고, 그 옆에는 남미에서 가져온 아즈텍의 새 모양 조각품이 보였다. 부엌 쪽 식탁도 자개가 입혀져 있는 오래된 고가구였고, 그 옆에는 사방탁자가 있었다. 탁자에는 조선백자부터 세계 각국의 도자기들이 층층이 자리 잡았다.

빠르게 집 안을 살펴보던 남광우는 기둥 옆에서 시선을 멈췄다. 그곳에 조선시대 선비들이 앉아서 책을 읽거나 붓글씨를 썼던 좌상인 경상이 보였기 때문이다. 경상 서랍을 열자 안에 있던 작은 휴대용 해시계인 앙부일구가 보였다. 돌로 깎아서 만든 것으로 비슷한 것이 보물로 지정되었다고 들었다. 지칠 대로 지쳐 있던 남광우는 드디어 한숨을 돌렸다.

'찾았다.'

마이클 엘리엇은 804호에 두고 와야만 했던 자신의 골동품들을 자서전에 남겨 놨다. 그중에서도 가장 안타까운 것으로 조선 시대에 만들어진 해시계인 앙부일구라고 적었다. 어렵게 손에 넣었고, 애지중지했는데 그만 놓고 나온 것이다. 여행을 떠날 때 들고 다닐 수 있도록 크기도 작아서 주머니에 넣을 수 있을 정도였다. 그래서 서랍에서 꺼내서 주머니에 넣기만 하면 되었는데 너무 경황이 없어서 깜빡했다며 구구절절하게 사연을 적었다.

어차피 다른 골동품들은 크기가 크거나 휴대하기가 불편해서 들고 가기 어려웠다. 하지만 휴대용 앙부일구라면 충분히 가지고 나올 수 있었다. 남광우는 벨트 주머니를 열고 안에 든 뽁뽁이를 꺼내 둘둘 감싼 다음 넣었다. 한숨 돌리는데 문부서지는 소리가 들렸다.

'젠장.'

생각보다 빨리 따라잡혔다는 생각에 남광우는 얼른 옆에 있는 부엌 유리문을 열고 안으로 들어갔다. 부엌도 꽤 큰 편이었는데 오른쪽에는 검정색 대리석으로 된 싱크대가 있었고, 왼쪽은 아일랜드 식탁이 보였다. 그 옆으로는 검정색 냉장고 두 대가 나란히 있는 공간이 보였고 그 뒤로는 드럼세탁기와 건조기가 있는 다용도실이 있었다.

아일랜드 식탁 뒤로 몸을 숨긴 남광우는 거실 쪽을 노려봤다. 내부가 넓고 남광우가 숨어있다는 걸 감안해야 했기 때문에 안으로 진입하는 데 시간이 좀 걸릴 것으로 생각했다. 기다리던 남광우는 K5 권총을 꺼내 탄환을 확인했다. 아까 마지막에 쓴 3발까지 해서 모두 7발을 쏴서 5발이 남았다.

고민하던 남광우는 홀스터에 있던 예비 탄창을 꺼내 갈아 끼웠다. 바닥에 엎드린 채 문 쪽을 겨눴다. 헤드셋과 연결된 무전기를 꺼내서 다른 손에 쥐었다.

실내 수색과 소탕의 핵심은 소리를 줄이는 것이다. 기다리고 있을 상대방의 허를 찌르기 위해서는 반드시 필요했다. 가장 좋은 것은 안 들어가는 것이고, 그다음은 수류탄과 섬광탄으로 처리하는 것이다. 하지만 중요한 물품이 손상될 수 있기 때문에 이번에는 쓰지 못할 게 뻔했다. 거기에 방독면을 가져오지 않은 상태라 쓰기가 몹시 애매했다.

머리로 이런저런 계산을 하던 남광우는 최대한 조심스럽게 움직이는 발자국 소리를 듣고는 곧장 무전기의 소리를 최대한으로 올렸다. 지직거리는 소리가 유리문 너머에서 들려왔다. 벽에 붙는 소리와 함께 무전기를 끄는 소리가 들렸다.

아일랜드 식탁을 돌아서 다용도실 쪽으로 간 남광우는 부엌 유리문의 왼쪽 가장자리를 겨누고 어깨 높이와 정강이 높이에 각각 한 발씩 쐈다. 문틈을 뚫고 나간 총알에 맞았는지

고통스러운 신음소리가 들렸다.

그러자마자 유리문이 확 열리고 도깨비가 들어왔다. 그걸 보고 두 발을 더 발사했지만 워낙 빠른 탓에 정수기만 맞추고 말았다. 냉장고 있는 쪽까지 굴러간 도깨비는 권총만 위로 내밀었다. 그걸 본 남광우는 재빨리 다용도실 벽에 붙었다. 묵직한 총성과 함께 날아온 총알이 드럼세탁기와 건조기에 맞았다.

"형님, 막다른 곳에 몰리셨네요."

"아까 맞은 거 누구냐?"

"진율입니다. 형님을 가만 안 놔두겠다고 하던데요."

"그 새끼는 입만 살았으니까 무시해."

남광우는 대꾸를 하면서 살짝 고개를 내밀어서 아일랜드 식탁 쪽을 살폈다. 도깨비는 완벽하게 몸을 숨겼는지 보이지 않았다. 지그시 노려보는데 다시 도깨비의 목소리가 들렸다.

"물건은 챙기셨습니까, 형님?"

"가슴에 잘 매달아 놨다. 날 쏘면 물건도 부서질 거야."

"그러실 분이 아니라는 거 잘 알고 있습니다. 지금이라도 넘겨주면 곱게 물러나겠습니다."

"그러기에는 우리 모두 피를 너무 많이 보지 않았냐? 남자답게 여기서 결판을 내야지."

그때 아일랜드 식탁 모서리에서 총구가 불쑥 나왔다. 황급히 몸을 움츠리자 총알이 문틀을 스치고 지나갔다. 말소리를 듣고 대략의 위치를 파악해서 총구만 내민 채 쏜 것이다. 겨우 위기를 넘긴 남광우는 벽에 더 바짝 붙었다.

"똑바로 좀 쏴라. 엉뚱한 곳으로 날아갔잖아."

"형님 심장 쪼그라드는 소리가 여기까지 들렸는걸요."

"사실, 아슬아슬하기는 했지."

그렇게 말을 주고받던 남광우는 한 손으로 드럼세탁기 옆 벽을 밀었다. 그러자 문이 살짝 열리는 느낌이 났다. 다목적실과 거실을 직접 연결하는 문이었는데 밖에서 보면 기둥 뒤에 있어서 좀처럼 찾지 못하는 곳이었다. 그래서 조카들과 숨바꼭질을 할 때 종종 사용하던 곳이었다.

최대한 소리가 나지 않게 문을 연 남광우는 그쪽으로 빠져나갔다. 예상대로 부엌 입구에는 부상을 당한 진율이 주저앉아 있었고, 남은 한 명인 윤섭이가 권총을 뽑아든 채 안쪽을 노려보는 중이었다.

밖으로 나온 남광우는 기둥 뒤에 몸을 숨겼다. 그리고 윤섭을 향해 권총을 겨눴다. 붕대를 꺼내서 피가 나오는 정강이를 붕대로 묶던 진율이가 뒤늦게 남광우를 발견하고는 눈이 커졌다.

기둥 뒤로 쓱 빠져나간 남광우는 윤섭의 뒤로 돌아가서 허벅지에 방아쇠를 당겼다. 요란한 총성과 함께 허벅지에서 피가 확 튄 윤섭이 몸을 뒤틀며 쓰러졌다. 그러자 진율이가 옆에 놓인 권총을 집었다. 소파 쪽으로 몸을 날린 남광우는 윤섭의 어깨를 쐈다. 퍽 하는 소리와 함께 어깨에 총을 맞은 윤섭이 비명을 질렀다. 뒤늦게 다용도실의 문을 본 도깨비가 나오는 게 보였다. 그쪽에 대고 총을 두 발 발사했지만 모두 기둥에 막혔다.

도깨비가 기둥에 붙어서 쏜 총알이 소파 등받이를 뚫고 지나갔다. 카펫이 깔린 바닥을 기어서 맞은편 소파 뒤로 숨은 남광우는 몸을 눕힌 채 기둥 쪽을 겨눴다. 이제 위치가 바뀌어서 밖으로 빠져나갈 수 있었다. 하지만 현관까지의 긴 복도에는 몸을 숨길 만한 곳이 없었다. 도깨비같은 명사수라면 충분히 뒤통수를 날릴 만한 시간이었다.

다리에 이어서 어깨까지 맞은 윤섭과 허벅지를 맞고 쓰러진 진율이 나란히 비명을 질렀다. 그러자 기둥 뒤에 숨어있던 도깨비가 가차 없이 방아쇠를 당겨서 입을 다물게 했다. 그걸 본 남광우가 혀를 찼다.

"배신자들끼리 지랄 염병하네."

"어차피 형님 동생 하던 것도 다 쇼였잖아. 들을 때마다 짜증이 났다고!"

"그렇긴 해도 총을 쏘지는 않았어, 이 나쁜 놈아!"

"이제 그만하고 물건 넘겨."

남광우는 대답 대신 가지고 있던 연막탄을 꺼내서 안전핀을 뽑았다. 연기가 충분히 흘러나올 때까지 잠시 기다린 후 바닥에 굴렸다. 노란색 연기가 거실 안을 채우는 걸 본 남광우는 잽싸게 몸을 일으켜서 현관으로 달려갔다. 도깨비라면 어떤 의도였을지 알아차렸겠지만 혹시나 숨어서 공격할 수도 있었기 때문에 한 템포 기다려야만 한다고 판단할 것이다.

예상대로 현관에 도착한 다음에야 총알이 날아왔다. 수납장에 명중한 탄환이 구멍을 내는 걸 본 남광우는 연막으로 가득 찬 거실을 향해 총을 쐈다. 연거푸 다섯 발을 쏜 다음에 부서진 문을 타고 밖으로 나왔다.

곧장 비상 대피 공간으로 뛰어가던 남광우는 걸음을 멈췄다. 도깨비가 아무 준비도 없이 들어오지는 않았을 것 같았기 때문이다. 거기다 올라와서 현관으로 들어오는 데 생각보다 시간이 걸렸었다. 조심하는 게 좋을 거 같다는 생각에 남광우는 복도를 살펴보면서 문 앞에 무릎을 꿇었다. 예상대로 문고리에 투명한 줄이 감겨 있는 게 보였다.

"안쪽에 폭탄을 설치하고 선을 여기로 뺀 모양이네."

하지만 부비트랩을 해체할 시간이나 장비가 없었다. 그래서 그걸 역이용하기로 했다.

문을 등진 남광우는 빈 탄창을 갈아 끼웠다. 어차피 다섯 발밖에 남아 있지 않았고, 도깨비도 얼마나 남았는지 알고 있었기 때문에 한 번 정도밖에는 쓸 수 없었다.

아까 쓰레기 투입구 옆 종이박스에 버려져 있던 전구들을 꺼내서 804호와 연결된 복도 쪽으로 던졌다. 전구들이 깨지는 소리가 들렸다. 아마 804호를 나왔을 도깨비도 들었을 것이다.

잠깐의 시간을 번 남광우는 빗자루를 집었다. 한 손으로 얼굴을 가린 채 힘껏 문을 밀었다. 그러자 펑 하는 소리와 함께 빗자루가 박살 나면서 흰 연기가 뿜어져 나왔다. 예상대로 비상 대피 공간 문 위쪽에 폭탄을 붙여 놓은 것 같았다. 빗자루가 문을 밀면서 선을 당기자 폭탄이 터져버린 것이다.

"영리한 녀석 같으니."

부서진 빗자루를 내동댕이친 남광우는 마치 부비트랩에 당한 것처럼 활짝 열린 문 아래에 엎드렸다. 예상대로 소리를 들은 도깨비가 깨진 전구를 밟고 다가오는 소리가 들렸다. 마음속으로 숫자를 센 남광우는 몸을 뒤집으며 오른손에 쥔 권총을 겨눴다. 다가오던 도깨비의 놀란 표정이 보였다. 첫 발을 방탄복 아래 허리 쪽에 쏜 남광우는 비틀거리는 도깨비에게 남은 탄환을 쏟아 부었다. 탄피가 벽에 맞고 바닥을 구르는 소리가 들렸다. 온몸에 피를 흘리던 도깨비는 천천히 무릎을 꿇었다. 피를 뚝뚝 흘리며 중얼거렸다.

"부비트랩을 역이용하다니."

남광우는 아무 말 없이 그에게 다가가서 몸을 뒤졌다. 남은 탄창을 하나 찾아내고, 위성전화기까지 챙겼다. 그사이 숨이 끊긴 도깨비가 쓰러졌다. 한숨 돌린 남광우는 위성전화기의 안테나를 펴고 버튼을 눌렀다.

- 형님.

- 광우구나. 물건은 확보했니?

- 찾았습니다. 그런데 문제가 좀 생겼습니다.

- 무슨 문제?

- 도깨비가 배신을 했습니다.

- 뭐라고?

- 늑대파와 손을 잡은 모양입니다. 중간에 저와 배신하지 않은 팀원들을 기습했습니다.

- 다행히 무사했구나.

- 모두 없애고 내려가는 중입니다. 1층에 진향이와 수연이가 남아있는데 배신했는지 안 했는지 알 수가 없습니다. 믿을 만한 후속 팀을 보내서 처리해주십시오.

- 내가 직접 애들을 데리고 가마.

- 알겠습니다. 1층에서 뵙겠습니다, 형님.

- 그러자꾸나. 다친 곳은 없냐?

- 네 형님.

- 다행이구나. 매형이 미국 대통령인 아주 귀한 분이 하마

터면 나 때문에 죽을 뻔했어.

- 이제 은퇴해서 미국 갈 겁니다. 조카애들이랑 만난 지 오래되었거든요.

- 축하한다. 퇴직금은 두둑이 챙겨주마.

- 1층에서 뵙겠습니다, 형님.

통화를 끝낸 남광우는 다시 아래층으로 내려갔다. 까마득한 시간 동안 내려가야 했지만 이제 끝이 보였다. 그나마 조카들을 보러 갔던 덕분에 내부 구조를 알 수 있었던 게 살아남는 데 결정적인 원인이 되었다.

잠깐 쉬기로 한 남광우는 창가로 가서 해운대 해변을 바라봤다. 예전에 누나네 집에 놀러 왔을 때 가장 좋았던 것은 해변가였다. 몇 시간이고 앉아서 사람 구경을 하거나 햇볕을 쬐곤 했다. 그때를 떠올린 남광우는 그리움이 담긴 웃음을 지었다.

내가 여기에 있었음

내가 여기에 있었음

김주영

내가 죽는 꿈을 꿨어. 차가운 바다에 빠져서 아래로 천천히 가라앉는 꿈이었지. 새까만 밤하늘에서 빛나는 별을 보며 요트에 앉아 와인을 마시고 있을 때만 해도 사방은 따뜻함으로 가득했어. 손에 쥔 와인 잔 때문에 더 그랬지. 평생 가장 사랑했던 사람을 위해 커플로 특별히 제작한 잔이었거든. 두 잔엔 남들은 절대 구분할 수 없는 미세한 차이가 있었어. 우리 둘만의 비밀처럼 말이야. 많은 물건이 그렇듯이 두 잔에는 우리가 함께 보낸 추억이 가득했지. 그 잔으로 와인을 마시고 있으면 다시 그 시절의 다정함이 마음을 가득 채우는 기분이 들었어. 그래서인지 그날 바다 위로 불어오는 해풍마저 봄의 산들바람처럼 따뜻했던 기억이 나.

나는 늘 요트 위에 앉아서 밤하늘을 보며 와인 마시기를 좋아했어. 밤바다 위에 가득한 어두움에 둘러싸인 채로 별을 바라보며 와인을 홀짝홀짝 마시고 있노라면 점점 기분이 좋아지다가 풍경과 하나가 된 기분이 들었거든. 평생 유일하게 사랑했던 라운은 이런 내 습관을 가끔 걱정하곤 했어. 취해서 바다에 빠지기라도 하면 걱정이니까. 그 충고를 들었다면 이렇게 죽을 일은 없었겠다고, 바닷속으로 가라앉으며 후회했어. 팔다리를 움직이려고 노력해도 당최 몸이 말을 듣지 않더라고. 차가운 바닷물이 목구멍으로 들어오는데, 괴롭다기보다 그냥 멍하기만 했어. 꿈이라서 그랬겠지.

달빛이 환한 밤이어서인지 눈앞으로 점점 멀어지는 수면은 밝은 빛으로 가득했어. 그 가운데 내 요트 바닥 모양 검은 그림자가 보이더라고. 문득 요트 위에 있을 내 파트너 은재와 그가 초대한 친구 커플이 떠올랐어. 사람들은 은재를 내 연인이라고 여겨. 심지어 언론에서도 몰래 찍은 은재 사진을 뿌리면서 나의 젊은 연인이라고 보도한 적이 있어. 은재는 내가 최근 방문했던 아마추어 기술 박람회에서 만난 젊은 개발자야. 오로지 기술 개발에만 관심이 있는 순진하고 소박한 젊은이지. 그, 있잖아. 외모를 꾸미는 일에는 전혀 관심이 없어서 매일 같은 옷만 입는 그런 타입. 그런 개발자야 하늘의 별만큼 많이 만나봤지. 그런데 은재에게는 나를 사로잡는 뭔가가 있었어. 은재에게 빠져든 후에야 그게 라운과 닮은 점임을 깨닫긴 했지만. 물론 그게 전부는 아니었어. 은재를 좋아하긴 하지. 아니었다면 왜 함께 시간을 보내고 사랑을 나누었겠어. 그렇지만 사랑까지는 아니야. 물속으로 점점 가라앉으면서 그걸 새삼 뼈저리게 느꼈어. 죽어가는 순간에 보고 싶어진 사람은 라운이었으니까.

요트에 오르기 전에 마지막으로 만났던 라운을 떠올렸어. 라운은 요즘 내가 주최하는 해운대 밤바다 축제를 준비하느라 정신없이 바빠. 내가 좀 무리한 부탁을 했거든. 해운대 밤바다 위를 항해하는 작은 유람선 위로 폭죽이 터지고, 은은한 달빛을 맞으며 샴페인이나 와인을 마시는 축제는 너무 흔하고 시시하잖아. 그래서 인어를 만들어 달라고 했어. 달빛 아래 펼쳐진 바다 위로 인어가 언뜻언뜻 모습을 드러내면 손님들에게 멋진 선물이 될 것 같았거든. 오직 나만이 줄 수 있는 특별한 선물 말이야. 아마 한동안은 모두 인어가 나타났던 밤바다 축제 이야기에 빠져들겠지. 앞으로 해운대엔 새로운 관광 코스가 생길 거야.

'인어와 함께하는 밤바다 축제'

어때, 듣기만 해도 설레지 않아? 만약 설레지 않는다면 앞으로 사업을 벌이거나 투자할 생각은 접길 바라. 미래에 투자하려면 상상력이 필수거든. 사업에 투자하거나 기술을 사들이기 전엔 반드시 앞날을 상상해 봐야 해. 평범했던 내가 이만큼 유명한 부자로 성공한 것도 따져보면 다 상상력 덕분이야. 물론 상상력에 더해 탁월한 안목과 판단력도 있었지. 거만하게 들리겠지만, 나를 취재한 기사를 읽어보면 동의하게 될 거야.

여하튼 라운은 내 제안을 수락하고 인어를 만들기로 했어. 라운은 아마 언론에서 자주 본 적이 있을 거야. 인공지능과 관련해서 법적 분쟁이 생기면 자주 뉴스에 등장하니까. 라운처럼 인공지능과 관련된 법리 해석 분야 전공자는 아직 얼마 되지 않아. 국내엔 라운을 비롯해서 전공자 서너 명이 있는데 라운을 제외하면 다 쓸모없는 멍청이들이야. 그냥 방송에 나와서 얼굴 알리는 데만 관심 있는 자들이거든. 반면에 라운은 아예 방송에서 진짜 얼굴을 드러낸 적이 없어.

당신이 사진이나 뉴스에서 보는 라운은 진짜가 아니라 라운이 공식적으로 사용하는 세컨드 보디야. 당연히 라운과 함께 일하는 사람들은 모두 알고 있지. 당신도 세컨드 보디를 사용해 봤으니 알겠지. 집구석에 처박힌 채로 사람이랑 똑같이 생긴 세컨드 보디를 조종하면서 세상을 느끼는 감각 말이야. 부드러운 봄바람이 뺨을 스치는 감촉, 눈앞에서 흩날리는 꽃잎의 움직임, 나른한 봄볕의 간질임은 물론이고 코끝을 스치는 미세한 꽃향기마저 생생하게 느껴지지. 전자 신호를 이용해서 뇌에 생생한 감각을 전달하는 근원 기술은 라운이 개발했어. 좁아터진 연구실에서 말이야.

당시 나는 주식으로 조금 벌어들인 돈을 미래 기술에 투자하려고 여기저기를 기웃거렸어. 이만큼 성공한 투자자가 될 줄은 전혀 모르던 시절이었어. 심지어 그때는 돈을 아끼느라 대중교통을 타고 직접 걸어 다녔지. 힘겹긴 했지만 제일 재미있던 시절이었어. 모든 것이 시시해 보이는 지금과 달리 흥미로운 것들이 넘쳐났으니까.

어쨌든 그 시절에 가난하고 젊은 기술자들이 벌이는 소박한 기술 박람회를 돌아다니다가 라운이 개발한 기술을 만나게되었지. 라운의 부스에 들어서는 순간, 바로 이거다 싶었어. 라운이 극적인 홍보를 위해 엉성하게 만든 세컨드 보디가 앉아 있었거든. 당시엔 휴머노이드 기술이 대세였기 때문에 라운의 기술에 관심을 보이는 투자자는 거의 없었어. 그런데 세컨드 보디를 마주한 순간 먼 미래의 풍경이 눈 앞에 펼쳐지더라고. 개인이 휴대폰처럼 세컨드 보디를 일상적으로 사용하는 풍경 말이야. 나는 거의 전 재산을 투자했고 결과는 아주 만족스러웠어. 당신도 알다시피 내가 보았던 미래 풍경이 이제 현실이 되었으니까 말이야.

라운은 투자가 성공한 후에도 진짜 자기 모습을 보여준적이 없었어. 개인적인 연락은 통신을 사용했고, 투자 설명회에는 언제나 세컨드 보디를 보냈으니까. 투자 설명회에 등장하는 세컨드 보디는 항상 모습이 달랐어. 여자나 남자이기도했고, 어린애부터 노인까지 갖가지 모습으로 등장했지. 체형

도 얼굴도 모두 달랐는데 투자자는 왼쪽 목덜미에 새겨진 정사각형 회사 로고를 보고서야 그것이 인간이 아님을 깨닫고 찬사를 보내곤 했어. 그렇게 우리의 투자 설명회는 언제나 성공적이었고 많은 돈이 들어왔지.

시간이 지날수록 나는 라운을 점점 더 좋아하게 됐어. 만날 때마다 모습은 달랐지만 어떤 모습이든 라운이라는 사실은 변함없었지. 라운이 여자든 남자든, 젊은이든 늙은이든 나는 개의치 않을 자신이 있었어. 나는 호감을 숨기지 않았어. 라운도 내가 그리 싫진 않은 눈치여서 만날 때마다 나는 늘 라운과 하고 싶은 일을 함께했지. 당신에게 말할 수 없는 아주 은밀하고 개인적인 일까지 말이야. 라운은 내가 유일하게 속마음을 터놓고 지내는 친구이기도 했어. 지금 생각해 보면 그건 사랑이었어. 왜 그때는 그걸 몰랐을까. 아마 지나고 나서야 소중했음을 깨닫게 되는 인생의 여러 역설 중 하나겠지. 가능하다면 당신은 나처럼 지금 소중한 것을 놓치지 않고 살아가길 바라.

어쩌다가 죽는 꿈 이야기가 여기까지 흘러왔지? 진심으로 좋아하는 것에 관해서는 누구나 말이 많아지는 법이니까 이해해 줄 거로 생각해. 다시 물속으로 빠져들어 죽어가던 이야기로 돌아가 볼게.

마지막으로 만났던 라운을 떠올리는 동안 몸은 계속 물속으로 가라앉았어. 잠시 정신을 잃었던 것 같기도 한데 자세히 기억은 나지 않아. 다시 정신이 돌아왔을 때는 밝은 수면 위로 붉고 파란 경광등 불빛이 번갈아 점멸하는 광경이 보였어. 해양 경찰이 구조하러 왔음을 직감했지. 아니나 다를까, 곧 잠수복을 입은 사람들이 입에 호흡기를 물고 점점 가까이 다가왔어. 그중 한 명과 바로 코앞에서 눈이 마주쳤을 때, 이제 살았구나 싶었어. 그런데 그 잠수부가 나를 밀어냈어. 이 망할 자식이 사람을 구조하진 않고 밀어냈다고.

다른 잠수부들도 마찬가지였어. 죽어가는 나를 아무도 거들떠보지 않고 스쳐 지나가더니 저 밑에서 뭔가를 건져 올리는 거야. 어이없이 그 광경을 지켜보던 나는 그 물체가 내 눈높이로 떠오르고서야 무엇인지 알아봤어. 바로 나였어.

그래, 그들이 건져 올린 건 바로 내 몸이었어. 이게 꿈인지 현실인지 점점 혼란스러워지기 시작했지. 죽었는데 의식이 남아있을 리는 없으니까 이건 꿈일까? 그런데 꿈이라고 하기엔 너무 생생했어. 그렇다면 말로만 듣던 귀신이 되어서 죽은 나를 지켜보고 있는 걸까? 잠깐은 그렇게도 생각해 봤어. 잠수부가 나를 덥석 움켜쥐기 전까진 말이야.

그놈이 내게 무슨 짓을 했는지는 모르겠는데, 곧 머릿속으로 목소리가 들려왔어. 정확히는 들린 것이 아니지만, 비슷한 표현은 그것뿐이야.

- 수중 드론 H-22 영상 확보

무례하게 날 움켜잡은 놈이 그렇게 말하더니 무슨 짓인가를 했어. 내 안에서 확실히 무슨 일이 벌어졌는데 그 느낌을 뭐라고 표현해야 할지 도무지 모르겠어. 어쨌든 영상을 확보했다고 말한 그놈은 다시 나를 놓아주더니 수면 위로 올라가 버리더라고. 그 멍청이 뒤에 대고 욕을 퍼부으면서 이 상황을 이해하려고 애써 봤어. 그러니까 내가 수중 드론 H-22라고?

말이 안 되는 이 상황이 꿈이길 바라는 동안 물거품이 주변에 생기더니 점점 수면이 눈앞으로 가까워졌어. 다행히 조금 후엔 불쑥 수면 위로 솟아올라서 주변도 살펴볼 수 있게 되었지. 해양 경찰의 붉고 파란 경광등은 아직도 수면 위에서 긴박하게 번쩍이고 있었어. 요트 위를 보고 싶었는데 시선이 뜻대로 움직여야 말이지. 원하는 채널로 돌리지 못하고 그냥 화면에 나오는 장면만 보고 있어야 하는 상황처럼 갑갑함이 치밀어 오르더라고. 그런데 어쩌겠어. 참는 수밖에.

한참 기다린 후에야 요트 위가 보였어. 해양 경찰과 이야기를 나누는 은재 곁엔 은재의 친구 커플이 겁먹은 표정으로 서 있었어. 덜덜 떠는 모습에 측은한 마음이 들더라고. 달빛을 즐기는 요트 세일링에 잔뜩 흥분했는데 사람이 죽다니 얼마나 당황스럽겠어. 은재는 뒤돌아 서있어서 표정이 보이지 않았어. 아마 꽤 당황했겠지.

평소에도 혼자 와인 마시면서 밤바다 보는 것을 좋아했다고 은재가 말하는 목소리가 들렸어. 아니, 들린 건 아니지만 어쨌든 그런 느낌이었어. 해양 경찰은 몇 가지를 묻더니 요트 옆에 정박한 구조선으로 돌아갔어. 내 시체가 구조선 바닥에 누워 있을 걸 생각하니 희한한 기분이 들지 뭐야. 슬프기도 하고 황당하기도 하고. 퉁퉁 불어난 시체로 발견되지 않은 걸 다행으로 여겨야 할까? 속으로 한숨을 내쉬는 동안 멀리서 모터 소리가 들렸어.

시선이 돌아가지 않아서 볼 수는 없지만 누가 오는지 알 수 있었어. 내 유일한 친구인 라운이 오는 소리였어. 그 사실을 깨닫는 순간 갑자기 울고 싶어졌어. 이런 모습이 아니었다면 눈물이 터졌을 거야. 왜 그런지는 나도 몰라. 생각보다 감정이 앞설 때가 있잖아. 그냥 라운이 보고 싶었어. 그러면 이 상황을 견딜 힘이 생길 것 같았으니까.

그런데 라운이 도착하기도 전에 나는 다시 수면 아래로 끌려 들어갔고, 점점 깊은 바닷속으로 가라앉았어. 이 망할 수중 드론의 프로그램이 동작하기 시작한 거겠지. 정말 울고 싶은 기분이었어. 기껏 빙의할 거면 인간에게 할 것이지 하필이면 수중 드론에게 들어갈 게 뭐냔 말이야. 게다가 수중 드론은 못생기기까지 했거든.

해운대 근해에 흩어진 수중 드론은 기괴한 물고기 모습이야. 해양 생물과 비슷하게 만들긴 했는데 누가 봐도 로봇임을 딱 알아봐. 기껏 돈을 처발라서 저절로 감탄사가 터지는 몸매로 다듬었는데 못생긴 물고기 모습이 되다니, 개구리 왕자 심정이 이랬을까? 분통이 터지긴 했는데 수중 드론도 꽤 비싼 물건이니깐 참아 보기로 했어. 게다가 해운대에 투입된 수중 드론에는 최신식 기술이 집약되었거든. 퇴출을 앞둔 구닥다리 드론에 빙의되지 않은 것이 어디야. 그나마 특급 호텔에 들어왔다고 생각하기로 하니까 마음에 조금 여유가 생겼어. 칠흑처럼 어두운 밤바다 속으로 가라앉은 드론이 잠시 활동을 멈췄을 때는 깜빡 잠들기까지 했다니까.

수중 드론이 멈춰 있는 동안 눈앞에는 끝없는 어둠만이 펼쳐졌어. 뭐든 다 집어삼켜 버릴 듯한 검은 어둠이 바닷속에서 넘실거렸지. 온 세상이 어두운 바닷속으로 가라앉은 것처럼 미세한 소리조차 없는 완전한 적막 속에 잠겨 있으니 무서워지기 시작했어. 날이 밝을 때까지 무서움을 잊으려고 라운을 계속 떠올렸어.

라운과 함께 했던 시간은 온통 행복하면서도 그리움으로 가득한 느낌이야. 아마 라운의 마음이 나와 같음을 확신할 수 없어서 그랬겠지. 아무리 손을 뻗어도 조금씩 도망가는 느낌,

한없이 가까워지지만 만나지는 못하는 간절함이 우리 둘 사이에는 늘 있었어. 무한히 발산하며 끝없이 축에 가까워지면서도 결코 닿지는 않는 그래프처럼 말이야. 마음의 값이 달라서 그랬던 것 같아. 나는 라운을 사랑했지만, 라운의 마음은 사랑까진 아니었으니까. 그렇게 생각하니 점점 슬퍼지기 시작하더니 기분이 가라앉았어. 그래서인지 오히려 머리가 맑아지더라고.

처음보다 훨씬 차분한 상태로 내가 죽은 일을 돌이켜보니 이상하다는 생각이 떠오르기 시작했어. 요트에서 떨어지기 전에 고작 와인 한 잔을 마신 기억이 났거든. 한 병도 아닌 한 잔을 마시고 요트에서 미끄러지다니 이상하잖아. 이상한 점은 그뿐만이 아니었어. 설령 실수로 미끄러졌어도 고작 와인 한 잔을 마신 정도면 수영을 했겠지. 내 수영 실력은 선수급이거든. 그런데 분명히 손발이 제대로 움직이지 않았단 말이야.

차츰차츰 나쁜 예감이 들었어. 누가 나를 죽이려고 와인에 약을 탔던 것은 아닐까? 시작된 의심이 꼬리에 꼬리를 물기 시작했어. 요트에 타고 있던 은재와 커플이 수상쩍었지만 날 죽일 동기를 떠올릴 수가 없었어. 생각해 봐. 은재는 내 파트너여서 호화로운 생활을 잔뜩 누렸어. 내가 죽으면 그 생활이 끝이니 날 죽일 리가 없잖아. 은재의 친구 커플에게서는 동기를 찾기가 더 어려워. 생전 처음 만난 나를 죽여서 무슨 이득이 있겠냐 말이야.

　게다가 죽기 전에 내가 평소에 자주 즐기던 와인을 병째로 가져왔던 기억이 있어. 와인 잔에 약을 타진 못했을 거라는 뜻이야. 그렇다면 내가 좋아하는 와인병에 미리 약을 주입했다는 이야기가 되는데 그 정도로 치밀한 계획을 세워 나를 죽일 사람은………. 많구나, 많네. 너무 많아서 딱 한 사람을 지명하지도 못할 정도로 많아. 인정할게. 솔직히 살아생전에 난 좋은 사람은 아니었어. 부자 중에 좋은 사람이 있을 리가 없잖아. 가끔 너그러워 보이는 부자도 있지만, 그건 막대한 재산을 모으기 위해 무슨 짓을 했는지 까먹어서 그런 거야. 입금되는 돈만 세다 보면 이 돈이 들어오는 과정에서 무슨 일이 벌어졌는지 도통 알 수가 없거든. 그러니까 자신이 꽤 나쁜 인간이었음을 아는 나는 그럭저럭 그들보다는 나은 편이지. 적어도 내가 돈을 버는 과정에서 누가 어떤 피해를 보는지는 알고 있으려고 노력했으니까. 그리고 때로는 보상해 주려고 노력하기도 했어. 상대방 입장에서는 언제나 충분하지 않은 보상이었지만 말이야.

　동틀 무렵이 되자 드론이 서서히 수면으로 떠올랐어. 수중 드론은 태양 발전을 이용하니까 충전하려고 떠오르는 거겠지. 수면 위로 올라온 드론의 시선이 하늘에 머무르는 동안 동트기 전 하늘의 별을 실컷 감상했어. 머리 위로 쏟아질 듯한 별을 보고 있으려니 거기가 천국 같더라고. 그런데 현실은 나를 죽이려는 사람이 그 별들처럼 많고, 그중 한 명이 성공했다는 거였지.

암울해지는 순간, 내 기분을 알아차린 것처럼 드론이 눈을 바다에 처박았어. 안으로 접혀 있던 반사판이 태양광을 받기 위해 펼쳐지는 느낌이 들었어. 점차 수중 드론 H-22와 일체가 되어 가는 건지, 이 녀석의 움직임을 점점 더 빨리 알아차린다는 사실이 다행스러우면서도 슬프지 뭐야. 아마 이 녀석은 세계 최초로 인간의 영혼이 빙의된 수중 드론이겠지. 이 사실을 널리 알릴 수 없어서 H-22에게 미안하네. 그럴 수 있다면 이 녀석은 역사에 기록이 될 텐데.

조금씩 충전이 되는 동안에도 드론은 계속 주변을 살폈어. 아마 이 녀석에게 달린 관찰 카메라가 프로그램대로 돌아가고 있는 거겠지. 태양이 완전히 떠오른 찬란한 아침이 시작되자 충전 속도가 점점 빨라졌어. 그러는 동안 바다 위도 조금씩 소란스러워졌어. 첫 유람선이 지나가는 모습이 멀리 보였고, 하늘을 날아가는 갈매기들의 울음소리도 시끄럽게 들려왔어. 얼마 후엔 부산 수중 드론 관리사무소 표식을 단 모터보트도 등장했지. 수중 드론 사업에도 투자한 적이 있어서 수중 드론 관리사무소에서 무슨 일을 하는지는 꽤 잘 알고 있어. 아침엔 주로 직원들이 수중 드론을 점검하러 다니지. 고장이 나서 떠오르거나 신호 감지를 제대로 못 하는 수중 드론을 수거하기도 해. 물론 나는 멀쩡하게 잘 기능하고 있었어.

나? 방금 나라고 인식한 거야?

망할 사실을 깨달으면서 정말 울고 싶은 기분이 되고 말았어. 별 상상을 다 해 봤어도 수중 드론으로 살아가며 고장이 나지 않은 상태에 자부심을 느끼는 삶을 생각해 본 적은 없으니까. 울적해지는 내 옆으로 모터 보트가 점점 가까워지더니 곧 엔진을 멈췄어. 수면 위를 둥둥 떠다니던 나는……. 아니, 아냐. 내가 아니라 수중 드론이 모터 보트 쪽으로 천천히 움직이기 시작했어. 보트에 탄 직원은 수중 드론 수거용 뜰채로 나를……. 후, 그냥 나라고 할게. 그러니까 나를 건져내더니 정보를 전송받을 준비를 했어.

정보 전송은 원거리 통신으로도 얼마든지 가능한데 왜 번거롭게 나를 직접 찾아왔는지 의아해하며 직원을 한심하게 바라봤지. 그런데 직원 얼굴이 낯이 익은 거야. 은재가 요트에 초대했던 친구였어. 그제야 그 친구가 자신을 수중 드론 연구자라고 소개했던 기억이 떠오르지 뭐야. 수중 드론 전문가니까 정보 전송받으면서 뭔가 이상한 낌새를 알아채지 않을까 기대되기 시작했어. 이 수중 드론이 귀신에 씌었다는 낌새까지는 아니겠지만, 내 영혼이 빙의된 이상 다른 수중 드론과는 다른 점이 있을 거 아니냔 말이야.

그런데 정말 놀라운 일이 일어났어. 직원이 내 정체를 알아냈냐고? 아니, 그보다 더 충격적인 일이었어. 내 유언장이 그놈에게 전송되는 거지 뭐야.

인간일 때 어떤 생각이 번뜩 머리를 지나갈 때가 있잖아? 내 유언장 내용이 딱 그런 식으로 번쩍 떠올랐어, 내 유언장은 왜 여기 있으며, 이놈은 그 사실을 어떻게 알았을까. 정말 황당해서 말이 안 나오더라고.

내 유언장엔 내가 불시에 사망했을 때 내 재산을 어떻게 처리해야 하는지 적혀 있었어. 나 같은 부자는 항상 유언장을 써놓고 자주 갱신하는 습관이 있어. 특히 가족관계가 복잡하면 유산 싸움이 나지 않도록 세세하게 신경 써야만 해. 그런데 나는 살아있는 가까운 가족이나 친척이 없는 독신이어서 유언장이 단순한 편이었어. 유언장 내용을 간략하게 요약하면 재산을 삼등분으로 나누어서 자선 단체와 내가 후원하던 기술 프로젝트 그리고 라운에게 상속하는 거야. 최초로 유언장을 작성한 후엔 변호사와 함께 꾸준히 내용을 수정했어. 상속의 큰 방향은 바꾸지 않았지. 유산을 기부받을 자선 기업이나 후원하는 기술 프로젝트팀의 이름을 바꾸는 정도가 전부였어.

라운에게 내 재산 삼 분의 일을 주기로 한 이유는 라운이 재산뿐만이 아니라 내 꿈도 상속할 것을 믿었기 때문이야. 나는 먼 미래의 풍경을 바꿀 수많은 기술 개발을 후원해왔고, 새로운 세상을 가져올 그 프로젝트들이 내가 죽더라도 끝나지 않길 바랐어. 라운은 프로젝트에서 탄생할 신기술의 가치를 나보다 훨씬 잘 알았어. 우리는 함께 수많은 시간을 보내는 동안 프로젝트의 결과로 등장할 새로운 기술이 변화시킨 세상의 모습을 끊임없이 상상하고 이야기를 나누었지.

그건 라운과 나의 꿈이었어. 그러니까 라운은 결코 후원을 중단하지 않고 내 꿈을 이어가 줄 거야. 자신의 몫으로 상속받은 유산도 모두 새로운 기술 개발에 쏟아부으면서 말이야. 그래도 슈퍼카 한 대 정도는 구입해서 사용해 주면 기쁠 것 같아. 내가 준 선물로 여기면서 말이야. 더 말하고 싶지만, 일단 나의 낭만은 여기에서 멈추고 다시 유언장 이야기로 돌아가야겠어.

머릿속에 떠오른 유언장은 최근에 수정한 것이 아니었어. 이미 사라져 버린 기업과 후원이 끝난 기술 프로젝트 이름이 보였거든. 최소한 몇 년 전에 작성한 유언장이었지. 곰곰이 생각하던 나는 이 유언장이 최초로 작성한 유언장임을 깨달았어. 당시에 한 자선 기업의 이름이 잘못 기록되었는데 그 부분이 똑같았거든.

희한한 일이었어. 최초로 작성된 유언장이 갑자기 왜 등장한 걸까. 수중 드론에 빙의된 내 영혼 앞에 말이야. 게다가 유언장이 떠오르게 된 원인임이 분명한 이 직원은 대체 내게 무슨 짓을 한 걸까.

여러 의문을 떠올리는 동안 은재의 친구인 직원은 곧 나를 다시 수면 위에 조심스레 내려놓았어. 그러자 아직 배터리 충전이 덜 끝나서인지 안으로 접혔던 태양열판이 다시 활짝 펼쳐졌어. 수면 위에 둥둥 떠서 태양광을 받는 동안 조금 전에 벌어졌던 이상한 일을 한참 곱씹어 봤지. 여러 생각이 빙글빙글 머릿속을 도는데 명료하게 하나로 합쳐지지 않았어. 복잡한 퍼즐 게임을 하는 기분이더라고. 그렇게 한참 시간을 보낸 후에야 수중 드론이 태양열판을 접고 다시 천천히 수면 아래로 잠수하기 시작했어. 그런데 그때 비로소 깜빡 잊었던 중요한 일이 기억났어. 첫 유언장을 작성할 때 라운이 내 두피 아래 쌀알만 한 캡슐을 심었던 일이었지.

머릿속에 뭔가를 심어놓은 사실을 어떻게 잊을 수 있냐며 날 바보 취급하진 않길 바라. 그럴 만도 한 것이 그 캡슐은 쌀알보다 더 작아서 걸리적거리는 일이 없었거든. 심지어 손으로 두피를 쓸어봐도 전혀 느껴지지 않았어. 그래서 처음엔 신경 쓰였는데 시간이 지나면서 까마득히 잊어버린 거야. 게다가 라운도 어느 순간부터 그 캡슐 이야기를 하지 않게 됐거든.

캡슐이라고 부르지만 사실 그건 당시에 내가 후원하던, 꽤 재미있는 프로젝트 개발팀이 만든 초소형 장치였어. 프로젝트 중간과정에서 시험 삼아 만든 장치여서 정식 이름도 없이 그냥 '쌀알'이라는 별명으로 불렸지. 쌀알은 구세대의 웨어러블 장치가 혈압이나 산소 포화도를 측정한 것처럼 오감으로 느끼는 감각을 기록하고 재생하는 시시한 장치였어.

요즘이 어떤 시대야. 윤리적인 문제가 없다면 인간의 기억도 홀라당 복제할 수 있는 시대잖아. 감각 기록이라니, 별 새로운 것도 없는 촌스러운 기술이었지. 물론 개발팀의 최종 목적은 그게 아니었는데 뭘 개발해야 할지 당최 모르는 것처럼 우왕좌왕하더라고. 아이디어는 많은데 정리가 안 되는 팀장 때문이었지. 라운이 유능한 팀원들을 잔뜩 투입해 주지 않았다면 그 프로젝트는 진즉에 망했을 거야.

그런데 쌀알에는 오감을 기록하는 주기능 외에도 온갖 실험적인 기능이 있었어. 팀장에게서 그 사실을 들었을 때는 새로운 기술 개발 대신 이런저런 기능을 집어넣은 복합기기를 만들 셈이냐고 화가 나서 되묻기까지 했지. 그만큼 쌀알에는 잡스러운 기능이 많았어. 그 기능 중 하나가 '유언'이었어. 이것도 정식 명칭은 아니고 그냥 별명이야. 쌀알이 유언을 저장하고 있다가 주인의 죽음을 확인하면 근거리에 있는 저장 장치에 유언을 전송하는 기능이었지.

간단히 말하면 이거야. 어쩌다 사고를 당해서 병원에 실려 가는데 죽을 것이 확실해. 유언을 남기고 싶은데 가족이나 변호사를 만날 시간조차 없어. 게다가 죽음이 코앞이라 의식은 있는데 아예 말도 할 수 없는 상황이란 말이야. 그때 머릿속으로 생각하는 거지. 내 전 재산을 옆집 사람에게 남긴다. 그러면 그 유언이 그 사람의 고유 식별 코드와 함께 암호화되어 근거리에 있는 저장 장치로 전송되는 거야. 왜 하필 옆집 사람을 예로 드냐고? 우리 직원들이 라운을 부르던 별명이니까. 참고로 내 마음속 옆집을 말하는 거고, 옆집은 한 채뿐이었어. 앞으로도 쭉 그럴 거고.

라운은 '유언' 기능을 꽤 재미있게 여겼는데 나는 기가 찼지. 근거리에 있는 저장 장치에 유언을 전송하는 것까지는 그렇다 쳐. 그 유언을 어떻게 찾아낼 거야. 어느 전송 장치로 갔는지 알 게 뭐냐고. 라운은 쌀알이 아직 개발 중이라는 사실을 내게 상기시키면서 장난삼아 내게 실험해 보지 않겠냐고 했어. 혹시 내가 죽을 때 다정한 마지막 말을 남겼는데 그걸 듣지 못하면 애석할 것 같다면서 말이야.

바보스럽게도 나는 그 말에 홀랑 넘어갔어. 이 실험이 완성되려면 내가 죽어야 한다는 사실은 쌀알을 두피 아래에 심고 나서야 깨달았지. 그래도 기왕 심은 거, 개발팀에 좋은 일 하는 셈 치고 최초로 작성된 유언장을 매뉴얼대로 쌀알에 저장했어. '유언'이라고 떠올리고 1초 이상 기다린 후에 유언을 머릿속으로 꼼꼼히 읽었다는 이야기야.

죽지 않는 이상 쌀알이 제대로 작동하는지 알 길이 없었는데 이제라도 훌륭하게 기능함을 알게 되어서 다행……이었을 리가 없지. 차라리 모르는 채로 살아있는 편이 나았을 테니까. 그래도 은재의 친구인 직원이 날 건드렸을 때 유언장 내용이 떠오른 이유를 알게 되어서 속은 시원했어. 그런데 그때 더 중요한 의문이 떠올랐어. 나는 뭐지? 지금 수중 드론에 빙의해서 기억하고, 생각하고, 느끼는 나의 존재는 뭐냐고.

엔진을 껐다가 켜기를 반복하며 바닷속을 오가는 동안 계속 생각해 보다가 답이 안 나와서 그냥 영혼이 존재한다는 믿음을 갖기로 했어. 나는 과학적으로 설명할 수 없는 초자연적인 존재인 거지. 그렇게 생각하니 한결 마음이 편안해졌는데 곧 부아가 치밀었지. 아니, 초자연적인 존재면 시공간을 초월해서 이동하고 사람들 앞에도 나타날 수 있어야 하는데 왜 나는 못생긴 기계 덩어리를 벗어날 수 없느냐고!

수중 드론은 내 기분을 아랑곳하지 않고 계속 조용한 바닷속을 헤치고 다녔어. 저기 말이야, 혹시나 해서 말인데 예쁜 물고기가 헤엄치고 해초가 하늘거리는 에메랄드빛 바닷속을 떠올리고 있다면 그만두길 바라. 해운대 바닷속은 그야말로 시야가 시커멓고 맨눈으로는 아무것도 분간할 수 없으니까. 내가 관찰하는 바닷속 풍경은 영혼의 눈으로만 볼 수 있어. 농담이야. 사실은 수중 드론의 센서로만 감지할 수 있어.

바닷속을 다니던 수중 드론은 배터리가 일정 수준 이하로 떨어지면 충전을 위해 다시 수면으로 올라가 태양열판을 날개처럼 펼쳤어. 그 과정을 반복할수록 점점 수면 위에 둥둥 떠 있는 일이 좋아지기 시작했어. 삶에서 완전히 해방되어 조용한 바다 위에 둥둥 떠서 맑은 하늘을 가만히 바라보고 있으니까 행복하기까지 하더라니까. 단순한 수중 드론으로 사는 일도 꽤 나쁘지 않을 것 같았어. 기왕 빙의한 거, 이 녀석을 조종하는 법을 익혀서 내 몸으로 삼아 살아보려고 생각하게 된 거지.

우습게 들릴지 모르겠는데 나는 진짜 진지했어. 그런데 수중 드론을 내 뜻대로 움직이는 일은 쉽지 않더라고. 의지가 없는 놈을 다루기가 이렇게 어렵다니 제멋대로인 인간을 조종하기까지 귀신은 얼마나 힘든 과정을 겪을까 연민을 느낄 정도였어. 어쨌든 오랜 시간을 거친 후에 어찌어찌 수중 드론을 조금이나마 뜻대로 다룰 수 있게 됐지. 수면에 떠올라서 둥둥 떠다니는 휴식 시간이 더 늘어나게 한 것 정도였지만, 그것으로 충분했어.

솔직히 수중 드론으로 무슨 대단한 일을 할 수 있겠냔 말이야. 열심히 바다를 헤집고 다니며 임무에 충실해도 몸체에 금박 칠을 할 돈이 생기거나 전 세계 사람들을 깜짝 놀라게 하는 유명한 수중 드론이 될 리는 없잖아? 수중 드론은 수명이 끝날 때까지 제 일에 충실하다가 조용히 사라질 운명이었어.

해양을 열심히 관찰하며 관리한 일이 인류에게 털끝 정도 도움이 되었다면 좋겠다고 여기면서 말이야.

돈도 많고 유명해지기 위해 달려온 내 인생의 본질도 수중 드론의 운명과 똑같다는 생각이 들었어. 사실 모든 삶의 본질이 그래. 그걸 알면서도 본질이 아닌 뭔가를 추구하다 보면 남다른 삶을 살게 될 거라는 신념으로 동동거리면서 시간만 잔뜩 낭비하지. 수면에 둥둥 떠다니면서 나도 그랬다는 생각에 좀 서글퍼졌어.

라운을 더 솔직하게 대하고, 더 사랑할 걸 그랬어. 후회되는 일은 그것뿐이야. 겁내는 일이 전혀 없었던 나였지만, 라운을 사랑하는 마음에는 잔뜩 겁이 났거든. 너무 많이 사랑한 후에 라운을 잃어버리고 느낄 상실감과 슬픔을 미리 두려워하면서 슬금슬금 도망쳤던 것 같아. 물론 라운이 나를 떠나지 않았을 수도 있어. 하지만 사랑은 끝나지 않아도 사람은 죽으니까.

지금 생각하니 왜 그랬는지 모르겠어. 마음을 멈추지 않고 계속 라운을 향해 똑바로 걸어가도 되었을 텐데. 결말이 무엇인지 두려워하지 않고 말이야. 만약 다시 인간이 된다면 두려움 없이 사랑하고 싶어졌어.

그렇게 햇볕과 바다를 벗 삼아 인생과 사랑을 반추하며 지내는 나날이 며칠이나 계속되었을까. 날짜를 세는 것도 포기해 버린 어느 날, 느닷없이 부산 수중 드론 관리사무소 보트를 타고 라운이 나타났어. 유언장을 떠올리게 했던 부산 수중 드론 사무소 직원과 함께 말이야. 그래, 은재의 친구인 그 직원. 마침 수면 위로 올라 둥둥 떠다니던 중이어서 두 사람의 말소리를 감지할 수 있었어. 나는 꽤 성능이 좋은 수중 드론이니까. 놀랍게도 두 사람은 내 이야기를 하고 있었어. 나는 귀를 쫑긋 세웠지. 아니, 안테나라고 해야 하나? 아니구나, 센서의 출력을 확 높였어.

두 사람의 이야기를 들으면서 그동안 있었던 일을 그럭저럭 짐작할 수 있었어. 내 장례식은 성대하게 치러진 모양이었어. 방송에서 꽤 충격적인 사고로 다룬 모양이더라고. 당연하게도 사고사가 아니라는 의문이 있어서 경찰에서 부검까지 했다는 말에 충격을 받았어. 돈을 때려 부어 만들고 관리한 몸을 메스로 난자했다니 화가 치밀다가 허무해졌어. 사체에서 어떤 의문점도 발견하지 못했다는 말에는 그야말로 내가 바보스러워졌지. 고작 와인 한 잔에 취해서 보트에서 굴러떨어져 죽었다니. 그것도 수영 실력이 선수급인 내가 말이야. 이게 말이 되냐고.

라운도 그렇게 여기는 것 같았지만, 의문일 뿐이었지. 혹시나 해서 검사한 와인과 와인 잔에서는 수상한 성분이 검출되지 않은 모양이었어. 경찰에서 이미 조사가 끝났는데 라운이 더 뭘 어쩔 수 있겠어. 끝까지 내 죽음에 대한 의문을 해소

해 주길 바라는 건 욕심이겠지. 나는 라운에게 이미 죽은 사람이니까.

그렇게 생각하니까 마음이 가라앉으면서 울적해지기 시작했어. 내가 죽은 사실 때문이 아니었어. 입장을 바꾸어서 내가 저기에 서 있었다면 납득이 갈 때까지 라운의 죽음을 샅샅이 조사했을 거라는 확신 때문이었지. 그만큼 라운을 사랑했으니까. 말하자면 라운은, 그래, 사랑까진 아니었던 것이 이로써 확실해진 거겠지. 그때 라운이 나를 위한 밤바다 축제 이야기를 꺼내지 않았다면 그냥 저 깊은 바닷속으로 기어들어 가 버렸을 거야.

라운은 내가 죽기 전에 계획했던 달빛 밤바다 축제를 열 예정이라고 했어. 사람들이 나를 한 번 더 기억하기를 바라면서 말이야. 그 말이 얼마나 기뻤는지 몰라. 이런 몸이 아니었다면 너무 기뻐서 엉엉 울어버렸을 거야. 옆에 선 직원은 좋은 생각이라고 맞장구치면서도 인어가 아직 완성되지 못한 점을 지적했지. 내가 죽는 사고가 나는 바람에 인어를 제작하는 일정이 제대로 진행되지 못한 모양이었어.

저기 있네요.

라운이 무어라 대답하기 전에 직원이 말하는 소리가 들렸어. 뜰채가 점점 가까워지고서야 나를 보고 말했음을 깨달았어. 직원은 지난번처럼 뜰채로 나를 건져서 보트 위에 올려놓

앉어. 수없이 안아보았던 라운인데 이렇게 다시 가까이 있다는 사실만으로도 심장이 터져 버릴 것 같았어. 지금 내게 심장이 없어서 다행이라는 생각마저 들었다니까. 이토록 벅찬 감정을 수중 드론 이 녀석은 대체 어디서 느끼고 있는 걸까 궁금해지기도 했어. 아니면 영혼인 내가 기억하는 감정을 상상하고 있는 걸까. 그런 생각을 하면서 나는 라운의 목덜미에 그려진 정사각형 로고를 습관처럼 확인했어. 혹시나 진짜 라운이 아닌가 하고 말이야. 정사각형 모서리가 살짝 둥글게 그려져 있으면 세컨드 보디가 아니라 진짜 자기 몸일 거라고 라운이 이야기한 적이 있었거든. 그 후로는 라운을 만날 때는 목덜미의 로고를 습관처럼 확인했어. 어떤 모습을 하고 있더라도 그건 라운이지만, 그래도 진짜 모습을 보고 싶다는 은밀한 욕망이 있었으니까.

이 드론이에요. H-22. 사고 이후로 제멋대로 움직이는 일이 잦아요.

정사각형 로고의 각진 모서리를 보고 실망하는 동안 직원이 라운에게 확신에 찬 말투로 말했어. 두 사람이 나를 찾아 여기까지 왔음이 확실했어. 조금씩 희망이 보이기 시작했지. 라운은 수중 드론에 빙의한 내 영혼을 느껴주지 않을까? 사랑까진 아니었더라도 사랑을 향해 계속 무한히 수렴하는 감정이긴 했을 테니까. 아마도 말이야.

하지만 라운은 나를 보고도 별 반응이 없었어. 그냥 흔한 수중 드론을 보는 눈길이었어. 그런 라운에게 직원이 말하는 이야기를 듣고서야 두 사람이 왜 나를 건졌는지 알게 되었어. 내가, 그러니까 인간이었던 내가 죽던 순간에 이 수중 드론 녀석이 가장 가까운 위치에 있었다는 거야. 내가 죽던 날 해양 경찰이 빨리 출동했던 것도 이 녀석 덕분이었어. 어류 탐지기가 바다에 빠져 가라앉는 나를 감지했고, 그걸 발견한 부산 수중 드론 관리사무소 직원이 해양 경찰에게 재빨리 연락했던 거지. 그 직원이 조금만 더 빨리 알아챘다면 내가 살 수도 있었을 거라나. 아쉽고 기가 막힌 일이지만 어쩌겠어. 인생이란 그런 거잖아. 인간이었던 시절이라면 엄청나게 화를 냈겠지만, 이제 나는 이제 인간의 삶을 버리고 해탈한 수중 드론이니까 그냥 내가 어쩔 수 없었던 일로 여기고 받아들이기로 했어.

죽기 직전에 머릿속으로 남긴 유언을 기록하다니 대단한 기술이네요.

라운 곁에 선 직원이 감탄했어. 그제야 두 사람이 여기 온 이유를 짐작했어. 결국 '쌀알' 녀석의 존재를 누가 떠올린 거겠지. 하기야 그토록 엄청난 유산을 남겼으니 내 유언에 민감할 만했어. 그런데 다음 순간 의문이 떠올랐지. 누가 내 유언에 그토록 민감했을까. 라운을 제외하면 유산 일부를 받는 것만도 감지덕지할 사람들인데 말이야. 직원은 선착장으로 돌아가는 길에 계속 유언장 이야기를 떠들었어. 내가 라운에게 남긴 막대한 유산을 언급하면서 마지막 유언장엔 더 많은 유산을 남겼을지도 모른다며 흥분하더라고.

그럴 만도 하지. 내가 라운을 얼마나 특별하게 대하는지는 모든 사람이 알았으니까. 하지만 라운은 돈에 그다지 욕심이 없는 편이었어. 직원의 속물적인 말을 듣고 있자니 다시 인간으로 돌아간 기분이 들면서 한동안 잊었던 짜증이 치솟았어. 그냥 다시 풍덩 바닷속으로 들어가서 평온한 수중 드론의 삶으로 돌아가고 싶었어. 하지만 바다는 점점 뒤로 멀어져갔고 선착장에 도착한 나는 작은 트럭의 짐칸에 실려 어디론가로 향했지. 그동안 배터리가 바닥났고, 비상 전력 공급 상태로 전환되면서 정신을 잃었어.

정신을 차렸을 때는 이미 중요한 일은 다 끝난 후였어. 왜 그런 분위기 있잖아. 중요한 행사를 끝낸 후에 긴장이 풀린 사람들이 뒷정리하며 어수선하게 잡담하는 분위기. 어딘지는 몰라도 내가 놓인 방 분위기가 딱 그랬어. 사람들이 날 물건 취급하고 지나가면서 흘리는 잡담을 들으면서 간신히 1퍼센트를 넘긴 배터리양을 확인했지. 배터리가 영혼인 내게 영향을 끼칠 리 만무한데도 무기력하고 기진맥진한 느낌이어서 계속 바다로 돌아가길 바라는 날 발견했어. 어느새 수중 드론의 삶에 익숙해진 내가 놀라웠어. 그런데 원래 삶이라는 게 사는 데

익숙해지는 것에 지나지 않음을 생각하면 이상한 일은 아니지 않아?

잠시 후, 배터리가 조금씩 충전되면서 절전모드 상태에서 꺼져 있던 기능이 하나둘씩 활동을 시작했어. 그걸 지켜보는 동안 나도 수중 드론의 기능 중 하나로 존재하는 것은 아닐까 의심이 들었어. 배터리가 방전되어 비상 전력이 공급되던 순간에 나는 정신을 잃었으니까. 기계로 치면 프로그램이 작동을 멈춘 거라고 봐야겠지. 말하자면 나는 수중 드론의 영혼이라기보다 이 녀석이 더 잘 작동하도록 도와주는 사소한 기능 중 하나인 것 같았어. 평소에는 눈곱만큼도 존재감이 느껴지지 않는 몸속의 이런저런 세포처럼 말이야. 그걸 깨닫는 순간, 인간이었던 시절에 내 몸속에 살았던 수많은 세포와 미생물에게 고마워졌어. 그 녀석들이 있었기에 살아갈 수 있었고, 나도 모르게 위기를 넘긴 순간이 터무니없이 많았을 거라는 생각이 들었으니까.

그렇게 감상에 빠져드는 바람에 주변에서 사람들이 어수선하게 떠드는 잡담은 거의 귓등으로 흘리고 있었어. 중요한 일은 다 끝난 분위기인데 잡담이 무슨 의미겠어. 그런데 그거 알아? 진짜 고급 정보는 사람들이 뒤에서 소곤거리는 이야기 속에 있다는 걸 말이야. 결혼식장에서 신랑 신부에 대해 자세히 알아내려면 지인들이 소곤소곤 목소리를 낮추어 말하는 화장실에 숨어 있으면 되는 것처럼.

재산의 반을 애인에게 물려주다니 정말 그 사람다워.

작은 목소리가 소곤거렸어. 처음엔 그게 내 이야기인지 꿈에도 몰랐지. 나는 그런 적이 없었으니까. 그런데 큰 목소리가 작은 목소리에 반박하더라고. 평소에 어쩌고저쩌고했던 그 사람이 애인에게 재산을 절반 물려줬다니 말도 안 된다고 말이야. 그 '어쩌고저쩌고'가 전부 내 이야기였어. 어이가 없어서 그제야 두 목소리에 가만히 귀를 기울였지. 내 재산 절반을 물려받은 애인이 누군가하고 말이야. 은재더라고.

…….

잠시 내 기능이 완전히 멈춘 줄 알았어. 만난 지 얼마 되지도 않는 은재에게 전 재산을 남겼다니 이게 무슨 개소리인지, 원. 화가 치밀어 오르는데도 할 수 있는 일이라곤 고작 드론의 프로펠러를 붕붕 세차게 돌려서 두 사람을 깜짝 놀라게 하는 것뿐이었어. 두 사람이 귀신이라도 본 것처럼 허둥지둥 도망가는 발소리가 들렸어. 그 후엔 정적이 찾아왔지. 너무 조용해서 다시 바닷속으로 들어온 기분이 들었어.

얼마 후, 정신을 차리고 두 사람의 대화를 다시 상세하게 떠올려 봤어. 상황이 어쩌다가 이 지경까지 흘러왔을까 의아해하면서 말이야. 도망친 두 사람은 쌀알을 알고 있었어. 변호사가 공증한 유언장이 공개되었을 때, 은재가 나의 마지막 유언을 듣고 싶다며 쌀알 이야기를 한 모양이더라고. 그래서 이 수중 드론을 찾아냈고, 여기에 전송된 유언이 공개된 거지. 은재에게 내 재산 절반을 물려준다는 유언 말이야. 점점 기분이 이상해졌어. 은재가 쌀알의 존재를 알 리가 없었거든. 게다가 라운과 함께 나를 찾으러 왔던 그 직원 녀석 생각나? 내가 죽던 날 은재가 요트에 초대했던 친구 녀석 말이야. 처음에 혼자 나를 건져냈을 때 내가 최초의 유언을 떠올렸잖아? 뭔지는 모르겠는데 그 직원 녀석이 엄청나게 수상해졌어. 생각에 생각이 꼬리를 물고 이어지기 시작했지.

그러는 동안 나는 다시 어딘가로 옮겨졌어. 마지막에 도착한 곳은 흔한 연구실이었어. 컴퓨터가 여러 대 놓여 있고, 부품이 책상 여기저기 흩어져 있는 어수선한 풍경이 보였지. 그런데 멀리 선반 위에 놓인 낯익은 물건이 보였어. 그걸 보는 순간 마음이 뭉클해지지 뭐야. 내가 라운과 함께 와인을 마시려고 특별히 제작한 크리스털 와인 잔이었거든. 여기가 어딘진 몰라도 라운이 사용하는 곳임이 분명했어. 그렇지 않다면 내 잔이 여기에 있을 이유가 없었으니까. 아마도 죽은 나를 추억하려고 가져다 놓은 거겠지. 감동해서 와인 잔을 더 자세히 보려고 카메라 방향을 살짝 움직였는데 괴상한 놈이 시야에 갑자기 나타나는 바람에 기절할 뻔했어. 흉측한 괴물이 눈앞에 불쑥 나타난 거야.

　처음엔 피부가 다 벗겨지고 남은 시체인 줄 알았어. 그런데 언뜻 보니 눈 부위의 휑한 구멍 속에서 빨간빛이 번쩍이고 있더라고. 얼마나 소름이 끼쳤는지 인간이었다면 비명을 꽥 질렀을 테지만, 수중 드론인 나는 카메라를 다른 방향으로 휙 돌려서 그놈을 외면하는 수밖에 없었어. 무서운 귀신이라도 본 기분이었는데 이미 내가 귀신이잖아? 그런데 귀신 따위가 무서울 이유가 없었지. 논리적인 결론을 내리고 천천히 카메라를 다시 그 방향으로 돌렸어. 다시 찬찬히 관찰하니까 로봇이었어. 기괴한 얼굴 아래로 이어진 상반신은 얼굴과 마찬가지로 인간과 같은 골격이 그대로 드러나서 섬뜩하기까지 하더라고. 심장 부위엔, 일부러 그렇게 만든 건지 심장 모양 부품이 심장 박동 리듬에 맞춰 붉은빛으로 번쩍거렸어. 마치 살아 있는 것처럼 말이야. 상반신과 달리 하반신은 진짜 물고기 꼬리처럼 세심하게 다듬어져 있었어.

　이제 알겠지? 이 로봇이 무엇을 닮았는지 말이야. 그래, 인어였어. 아마도 해운대 밤바다 축제를 위해 내가 주문한 인어겠지. 완성되지 못했다고 하더니 이 정도로 기괴할 줄 누가 알았겠어? 다소 기괴한 라운의 취향을 감안하면 이 모습이 놀랍진 않지만, 관광객들에게 이 인어를 어떻게 보이느냐 말이야. 보는 순간 비명을 지르면서 도망칠 것이 뻔하잖아. 밤바다 축제가 아니라 공포의 밤바다 축제라면 이야기가 다르겠지만 말이야.

속으로 한숨을 내쉬는 동안 누군가 들어오는 소리가 들렸어. 나는 재빨리 카메라를 출입문에 고정하고 정지한 척했지. 그런데 뜻밖에도 라운이 누군가와 연구실로 들어섰어. 라운 얼굴을 보는 순간, 다시 마음이 요동쳤어. 다시 저 뺨을 쓰다듬을 수는 없겠지. 물론, 저건 라운이 아니라 라운의 세컨드 보디지만 말이야. 나는 라운 목덜미의 각진 정사각형 로고를 확인하며 또다시 실망했어. 언젠가 정말 사랑하는 사람이 생기면 라운도 자신의 진짜 모습을 보여주겠지. 물론 이미 죽은 내가 그 사람이 될 수는 없을 테고.

라운과 함께 온 사람은 개발자인 듯했어. 두 사람은 한참 동안 밤바다 축제 진행에 관해 이야기를 나누었어. 개발자는 나처럼 인어의 기괴함을 염려했지. 관광객들이 기겁할까 봐 걱정하더라고. 그나마 상식적인 사람이 라운 곁에 있어 다행이었어. 그런데 라운은 아예 밤바다 축제 컨셉을 바꾸어서 홍보하겠다지 뭐야. 기왕 기괴한 인어를 선보이게 되었으니 나쁠 건 없다는 거였지. 듣고 보니 설득력이 있더라고. 잠시 멍하니 라운을 바라보던 개발자도 나처럼 생각을 바꾸었지. 두 사람은 홍보에 관해 의견을 나누더니 어느새 내 유언 이야기로 넘어갔어.

개발자는 내가 '옆집 사람'이라는 특별한 별명까지 붙였던 라운에게 고작 중요한 프로젝트 진행 권한 정도만 남긴 사실을 이상하게 여겼어. 개발자라서 그런지 쌀알의 불완전함에 대해서도 한참 떠들었지. 숨겨진 기능도 있다는 말엔 귀가 솔깃하기도 했어. 혹시 지금 나의 존재를 설명할 수 있지 않을까 하고 말이야. 그런데 개발자가 알았다면 나를 이렇게 내버려둘 리가 없겠지.

내 생각이 온탕과 냉탕을 오가는 동안 개발자는 쌀알의 유언 기능 이야기를 시작했어. 쌀알에는 은재에게 재산 절반을 남긴 최후의 유언 외에도 기록이 몇 개 더 있었던 모양이었어. 내가 처음 읽었던 최초의 유언과 그 이후로 몇 번 수정한 유언이었지. 사랑을 유산의 양으로 잰다면 내 사랑이 라운에게서 은재에게로 점차 옮겨가는 과정을 확인할 수 있는 유언들이었어. 다 개소리였어. 내 사랑은 라운에게서 움직인 적이 한 번도 없었으니까. 당연하게도 이 수상쩍은 상황을 만든 범인이 은재가 아닐까 의심했지. 범인은 가장 이득을 본 사람일 때가 대부분이니까.

라운은 은재에 관한 일을 내게 사실대로 말해줄 걸 그랬다고 운을 떼더니 말실수라도 한 것처럼 밤바다 축제로 화제를 돌려버렸어. 괴로워하는 것처럼 들린 것은 내 착각일까? 나는 라운이 자책하지 않길 바랐어. 라운은 내게 은재를 조심하라는 말을 이미 한 적이 있으니까. 그때는 라운이 질투하는 거라 여겨서 내심 기뻐하느라 건성으로 넘겼지. 라운이 허투루 말하는 사람이 아님을 잊었던 거야. 아마도 라운은 은재에 관해서 많은 사실을 조사한 후에 진심으로 걱정되어서 충고했겠지. 그러면서도 은재에 대한 판단은 내게 맡긴 거였어. 나를 존중해서 말이야.

라운과 대화하는 개발자를 지켜보는 동안 어쩌다 내가 이 지경에 이르렀는지 조금씩 알 것 같았어. 왜, 그럴 때가 있잖아? 오랜만에 만난 사람과 이야기를 나누다 보면 까마득히 잊었던 사실이 조금씩 선명하게 기억나는 거 말이야. 어디서 본 것 같은 개발자의 얼굴을 관찰하다 보니 그가 누구인지 알겠더라고. 쌀알 개발 프로젝트팀 팀장이었어. 워낙 많은 개발자를 만났던 데다가 쌀알 프로젝트는 라운이 도맡았던 탓에 팀장이라고 해도 아예 잊었던 거지. 그걸 기억해내고 나니 또 다른 얼굴이 떠올랐어. 은재가 요트로 데려왔던 두 사람 중 하나였어. 그래, 부산 수중 드론 관리사무소 직원과 커플이었던 사람 말이야. 그 사람이 쌀알 개발 프로젝트팀의 수석 개발자였음이 기억나더라고. 프로젝트 진행 중간에 라운이 직원을 교체하면서 잘라버린 개발자였지.

가짜 유언이 어떻게 만들어졌는지 알겠더군. 쌀알을 훤히 아는 개발자니까 가짜 유언을 심는 일은 식은 죽 먹기였지. 지나치게 의심받지 않도록 변화하는 유언 기록을 몇 개 더 집어넣은 것도 그놈 생각일 거야. 내가 죽을 때쯤 수중 드론이 주변에 있도록 배치한 사람은 나를 건지러 왔던 수중 드론 관리 사무소 직원이었을 거고.

기가 막히고 분했지. 그러다가 허탈해졌어. 그런데 그래봤자 내가 뭘 어쩔 수 있겠어. 나는 이미 죽었고, 경찰에서는 사고사로 결론을 내렸는데 말이야. 은재는 두 사람과 함께 나를 죽이고 재산을 차지할 계획을 언제부터 세웠을까? 처음부터 그럴 작정으로 라운을 흉내 내며 내게 접근한 것 같은 생각이 들기도 했어.

배신감으로 치를 떠는 동안에도 라운은 개발자와 계속 밤바다 축제 유람선 이야기를 했어. 나를 기념하는 축제이기도 했기에 유람선에는 나와 알고 지내던 사람들이 많이 초대된 것 같았어. 완전범죄를 저지른 은재를 포함해서 말이야. 라운은 내가 계획했던 밤바다 축제의 하이라이트인 인어의 비상이 가능한지 개발자에게 물었어. 개발자는 무리라고 대답했지.

수면 위로 뛰어오를 정도로 출력을 높이면 인어가 완전히 망가져요.

그 대답에 라운보다 내 실망이 훨씬 컸어. 좀 기괴한 모습이긴 해도 인어가 달빛이 비치는 바다 위로 훌쩍 뛰어오르는 모습을 꼭 사람들에게 보여주고 싶었거든. 상상만 해도 아름답잖아. 인간의 기술로 이룩한 신비롭고 아름다운 풍경을 내 유산으로 남기고 싶었는데 실망스럽고 아쉬웠어. 나를 죽인 은재에게 복수할 수 없다는 사실보다 더 말이야. 수중 드론으로 좀 더 오래 살다 보면 복수할 날이 있을까? 혹시 그럴 수도 있잖아. 수중 드론을 잘 조종하게 되어서 경찰에 내가 아는 사실을 알릴 수 있게 되다면 말이야. 하긴 그런 능력을 갖춘다고 해도 은재 일당의 범행 사실은 모두 내 심증일 뿐이었어. 유언 조작은 그렇다 치고 내가 살해된 일에도 증거가 없었지. 은재는 대체 어떻게 감쪽같이 경찰을 속였을까. 의문을 떠올린 순간, 문득 여기서 보았던 내 와인 잔이 떠올랐어. 그래, '내' 와인 잔 말이야.

그제야 은재가 경찰을 어떻게 속였는지 알 것 같았어. 나는 요트에서 혼자 와인을 마실 때는 언제나 내 잔이 아닌 라운의 잔을 사용했어. 간접적으로라도 라운과 와인을 함께 마시는 기분을 내고 싶었거든. 죽던 날 밤에도 그랬지. 아마 은재는 몸에 흔적이 남지 않는 약물을 그 잔에 탔을 거야. 내가 정신이 몽롱해진 이후엔 내 잔으로 바꿔치기하고 증거인 라운의 잔을 바다에 버렸겠지. 두 와인 잔이 커플로 제작되었고, 미세한 차이를 구분할 수 있는 사람은 라운과 나뿐이니까 경찰은 아예 와인 잔에 주목하지도 않았을 테지.

라운은 이 사실을 알고 내 와인 잔을 여기에 갖다 놓았을까? 바로 눈앞에 있는 라운에게 물을 수 없다는 사실이 죽을 만큼 안타까웠어. 그런데 그때 놀라운 일이 일어났어. 라운이 일어나더니 내게 가까이 온 거야. 혹시 산 사람에게 말을 들리게 하는 능력이 내게 생겼나 싶어지기까지 했어. 라운은 내 부름이라도 들은 것처럼 내 앞에 서더니 차분하게 아쉬운 듯이 나를 쓰다듬었어. 쓰다듬었다고! 다음 순간 나는 정신이 나가 버렸어.

좋아서 정신이 나간 것이 아니었어. 전원이 꺼져서 진짜 정신이 나간 거니까 헷갈리지 않길 바라. 정신을 차렸을 땐 이미 바닷속이었어. 할 일을 다 끝내고 수중 드론을 원래 있던 장소로 돌려보낸 거겠지.

고요하고 어두운 바닷속을 응시하고 있으니 마음이 차분해졌어. 내가 살해된 사실도, 은재에 대한 배신감도, 가짜 유언도 다 먼일처럼 느껴졌어. 인간이었던 시절조차 가물가물해지는 느낌이었어. 오로지 라운을 향한 사랑만이 선명하고 생생했어. 뭐랄까, 쓸데없는 포장지를 다 걷어내고 진짜 중요하고 소중한 것이 남은 느낌이었어. 삶에서 자신의 진실한 마음을 느끼지 못하도록 방해하는 것이 얼마나 많은지 새삼 돌아보게 되더라고.

인간이었던 내게 사랑은 진부한 거였어. 그런데 수중 드론이 되었을 때 생각해 보니 익숙해서 진부하게 느끼기만 했을 뿐, 사랑의 본질 근처에도 가본 적이 없었다는 생각이 들었어. 익숙하니까 안다고 착각했던 거야. 사랑에 대해 이런 거다, 저런 거다, 하고 공감할 수 없는 정의만이 대대손손 난무해온 것을 보면 사랑의 본질에 닿아본 사람은 없는지도 몰라. 그냥 이 정도면 사랑일 거라고 대충 추측하는 거지. 사랑은 상상조차 할 수 없을 정도로 까마득히 진보한 거여서 우리는 그냥 익숙하게만 여길 뿐 그 본질엔 가까이 갈 수조차 없는 것인지도 몰라.

심오한 생각을 하면서 인간 세상을 등지고 더 깊은 바닷속으로 들어가려고 방향을 돌렸어. 그런데 뭔가 이상한 거야. 수중 드론의 움직임도 이상하고, 프로그램도 낯설었어. 지금까지 익힌 재주를 이용해서 몸을 확인해 보니 몸체가 완전히 달라진 거였어. 움직일 수 있는 부분을 이리저리 확인하면서 카메라에 잡히는 부분을 관찰해봤더니 앙상하게 뼈만 남은 팔이 보이더라고. 혹시나 해서 프로그램을 점검했더니 몸체가 바뀐 것이 확실했어. 나는 수중 드론에서 벗어나 밤바다 축제에 투입된 인어에 빙의한 거였어. 아니, 빙의가 아니었어. 이젠 내가 영혼이 아니라 어딘가에 남은 기록임을 확신했어. 인간이었던 나의 기록.

수중 드론에서 다시 인어로 옮겨진 사실로 미뤄봤을 때

나는 유언과 함께 쌀알에 기록되었음이 거의 확실해 보였어. 개발팀장이 언급한 숨겨진 기능이 어쩌면 이것인지도 모르지. 나는 씁쓸하게 수중 드론이던 나를 쓰다듬던 라운을 떠올렸어. 라운은 그때 무슨 생각을 했을까.

나는 꼬리를 움직이며 프로그램이 지시하는 경로를 헤엄쳐 갔어. 인어 몇 마리가 유람선이 지나가는 길목에 만들어 놓은 인공 암초를 붙잡은 채로 수면 위로 상체를 드러내고 있었어. 힘차게 수면 위로 머리를 불쑥 내밀자 먼 곳에서 다가오는 유람선이 보였지. 관람객들이 뱃머리에 서서 비명 섞인 감탄을 내지르는 소리가 들렸어. 기괴하고 흉측하게 생긴 인어를 보고 내지르는 소리였어. 아마 나도 지옥에서 소환된 괴물처럼 보일 거야. 해골의 뻥 뚫린 눈 밖으로 벌건 눈빛을 빛내고 있겠지.

카메라 기능으로 뱃머리에 누가 서 있는지 확인해 봤어. 아직 너무 멀리 있는 탓에 줌 기능을 사용해도 사람을 식별하긴 쉽지 않았지만, 라운은 단번에 알아봤지. 더 자세히 보고 싶은 마음에 유람선과 조금 더 가까이 있는 인공 암초로 자리를 옮기려고 잠수했어.

이 몸체에서 유일하게 우아한 부분인 꼬리를 움직이는 동안, 수중 드론일 때처럼 또다시 제멋대로 움직인다는 소리가 들려왔어. 정확히 표현하면 들린 것이 아니라 그런 정보가 내게 전송된 거겠지. 어쨌든 나는 그 정보를 보낸 사람이 라운이 이용하는 연구실에서 봤던 쌀알 개발팀장임을 식별했어. 정보를 받는 사람은 다름 아닌 라운이었지.

그제야 나는 확신했어. 라운은 내가 이 통신을 들을 수 있도록 일부러 전송하고 있는 거였어. 그리고 수중 드론이었던 나를 쓰다듬었던 이유도 알 것 같았지. 수중 드론이 프로그램을 무시하고 제멋대로 움직였던 원인이 나인지 확인하고 싶었던 거야. 지금 인식하는 '내'가 뭐든 간에 이건 신기술이었어. 죽음 직전에 인간의 의식을 어떻게든 기록 형태로 남겨서 전송한 거야. 말하자면 나는 일종의 실험체가 된 거나 마찬가지였어. 이 기술이 성공적으로 개발된다면 미래의 풍경이 또 한번 바뀌겠지. 그 생각에 가슴이 두근거리면서 어떻게든 라운에게 이 사실을 알리고 싶었어.

유람선이 바로 곁으로 지나가는 인공 암초를 붙잡고 뱃머리를 응시했어. 천천히 유람선이 가까워지면서 뱃머리에선 라운이 더 선명하게 보이기 시작했어. 죽던 날 밤처럼 오늘도 달빛이 은은하게 바다 위를 비췄어. 그날처럼 다시 인간이되지는 못해도 라운 곁으로 돌아가서 은재에게 복수할 희망이 있다는 생각에 가슴이 두근거렸어. 라운에게 내 존재를 알릴 방법을 찾기까지는 시간이 조금 걸리겠지만 말이야. 그렇게 생각하니 갑자기 갑갑해졌어. 기술 개발은 시간이 관건이

거든. 사람들의 상상력은 엇비슷해서 비슷한 아이디어를 여러 곳에서 연구 중일 때가 많아. 아마 이 기술도 비슷할 거야. 누가 먼저 개발해 내느냐에 따라 미래 풍경을 바꾸는 사람이 달라지겠지.

나는 아쉬워하면서 습관적으로 라운의 목덜미를 확인했어. 그러고는 숨이 멎을 뻔했어. 라운의 목덜미에 있는 정사각형 로고의 모서리가 완만한 모양이었거든. 라운이 진짜 모습을 보여주며 거기에 서 있었던 거야. 내가 여기에 있는지 확신할 수 없는데도 말이야. 그건 라운이 보여주는 진심이었어. 아마도 다시 자신 곁으로 돌아올 수 없는 내게 보여주는 깊고 다정한 애도겠지. 사랑까지는 아니었을지 몰라도 나를 향한 라운의 마음은 진실했어.

그 순간, 마음속의 혼란이 깨끗하게 걷혔어. 오로지 라운을 향한 사랑만이 거기에 가득했지. 수중 드론이면 어때. 내 마음은 그대로인걸. 라운이 여러 모습으로 나타났듯이 나도 모습만 조금 변했을 뿐인 거야.

본질이 무엇인지 알고 나면 나머지는 모두 거추장스러운 포장에 불과함을 그때야 비로소 알았어. 진심과 진심이 만나는 순간은 찰나에 불과한데도 마치 끝나지 않는 영원에 머무르는 듯한 감각이 경이롭기도 했어. 그런데 아쉽게도 그 감각을 오래 느낄 수는 없었어. 라운 곁으로 은재가 다가왔거든.

은재는 평소보다 침울해 보였어. 아마도 나의 죽음을 슬퍼하는 척하느라 그렇겠지. 한때나마 은재가 라운을 닮았다고 생각한 내가 진심으로 한심했어. 본질은 외면하고 껍데기에 매달리는 바람에 은재에게 속았던 거겠지. 은재에게 고스란히 갖다 바쳐진 재산의 절반은 그다지 아깝지 않았어. 인간의 삶을 벗어난 수중 드론으로 지내는 동안 삶에 대해 여러 가지를 깨달아서인지도 모르겠어. 그렇지만 받은 만큼 반드시 대갚음하며 살았던 습관 때문인지 은재에게 복수할 수 없음이 분하기 짝이 없었지.

이런 내 마음을 까맣게 모를 라운은 은재와 담소를 나누다가 그의 어깨를 잡았어. 차가우면서도 부드러운 시선이 천천히 먼 밤바다를 둘러보다가 내게 닿았어. 은재의 어깨를 붙잡은 채로 라운이 나를 가만히 바라보는 거야. 어쩔 거냐고 묻고 있는 것 같았지.

그 순간, 라운에게 내 존재를 알릴 방법이 있음을 깨달았어. '내가 여기 있었음'이야말로 내가 남길 수 있는 가장 큰 사랑의 유산이었어.

나는 망설임 없이 깊이 잠수했다가 출력을 최대로 높이며 수면으로 솟구쳐 올랐어. 기괴한 인어가 유람선 위로 높이 비상하자 승객들이 꽥꽥 비명을 지르면서도 재미있어했지. 출력이 한계에 이르러 중력이 나를 잡아채는 순간, 낙하하면서 강철보다 강한 팔로 은재를 낚아채어 바다로 떨어졌어. 그리고 인어가 고장 나더라도 풀리지 않도록 꽉 끌어안았지. 죽을 때까지 놓지 않기 위해서 말이야.

(END)